Barbara Frei

1,80

D1993387

Zu diesem Buch

Eine junge Frau nimmt mit 33 Jahren von ihrem Elternhaus «Abschied für länger», um nach London überzusiedeln, wo Strass, ihr Geliebter, wohnt. Doch das Elternhaus haftet ihr weiter an – mit Erinnerungen, die nicht zu verbannen sind. Da ist der in seiner ängstlich verdeckten Sorge rührende Vater, der Bruder mit seiner Schlagermusik und seinen Kampffischen, die gar nicht kämpfen – ein Symbol für das Verhalten der Personen des Romans –, die beängstigende tatkräftige Mutter, die beiden sich ewig streitenden Tanten. Auch Ruthie, die vor zwanzig Jahren tödlich verunglückte Schwester, an die sich die Erzählerin in Gedanken wendet und an deren Tod sie sich mitschuldig fühlt, bleibt ein ständiger Begleiter aus der Vergangenheit. In London hat sie einen Job bei einer Filmgesellschaft angenommen: sie interviewt junge Mädchen. Diese Interviews sollen das Material für einen Film über die moderne Jugend liefern. Strass ist Fachmann für Betriebsorganisation und ständig auf Geschäftsreisen, auf denen die Erzählerin ihn begleitet. Das Leben der beiden wird vom Terminkalender und vom Leerlauf des modernen Berufslebens bestimmt. In den Gesprächen mit Strass ist von allem die Rede, nur nicht von der Zukunft, denn er ist verheiratet und hat einen Sohn. Außerdem hat er ein unheilbares Leiden. In dieser ausweglosen Situation kommt die Erzählerin auf den Gedanken, Strass die Qualen eines langsamen Sterbens zu ersparen. Doch ihr Versuch, befreiend einzugreifen, scheitert, und sie reist zurück zu ihren Eltern.

Dieser Roman ist eine Komposition aus Gesprächen und Erinnerungen, aus Erdachtem, Erträumtem und Erhofftem. Er bietet ein genaues Bild unserer heutigen Gesellschaft, in der die menschlichen Beziehungen zermürbenden Belastungen unterworfen sind.

Gabriele Wohmann, Jahrgang 1932, veröffentlichte zunächst unter ihrem Mädchennamen Gabriele Guyot den Erzählungsband «Mit einem Messer» (1958). Es folgten die Romane «Jetzt oder nie» (1958) und «Frühherbst in Badenweiler» (1978), die Erzählungsbände «Sieg über die Dämmerung» (1960), «Trinken ist das herrlichste» (1963), «Theater von innen» (1966), «Ein unwiderstehlicher Mann» (1966; rororo Nr. 1906) und «Habgier» (rororo Nr. 4213), die Hörspiele «Komm donnerstags (1964) und «Die Gäste» (1965) und die Fernsehspiele «Das Rendezvous» (1965) und «Große Liebe» (1966) und Beiträge in Anthologien, Zeitungen und Zeitschriften. 1965 erhielt Gabriele Wohmann den Funkerzählpreis des Süddeutschen Rundfunks. Ihren Stil charakterisiert Karl Krolow als «das Zusammentreffen von literarischer Gewissenhaftigkeit und treffsicherer Schärfe der Mitteilung».

GABRIELE WOHMANN

Abschied für länger

ROMAN

ROWOHLT

Umschlagentwurf Jürgen und Cornelia Wulff

1.–20. Tausend	Juli 1969
21.–25. Tausend	Dezember 1970
26.–30. Tausend	November 1971
31.–35. Tausend	Dezember 1972
36.–40. Tausend	Februar 1974
41.–45. Tausend	Juni 1975
46.–50. Tausend	März 1976
51.–55. Tausend	Februar 1977
56.–63. Tausend	Dezember 1977
64.–73. Tausend	Oktober 1978

Veröffentlicht im Rowohlt Taschenbuch Verlag GmbH,
Reinbek bei Hamburg, Juli 1969
© Walter Verlag AG, Olten und Freiburg i. B., 1965
© Gabriele Wohmann, 1969
Gesetzt aus der Linotype-Cornelia
und der Baskerville (Bauersche Gießerei)
Gesamtherstellung Clausen & Bosse, Leck
Printed in Germany
380-ISBN 3 499 11178 0

I

Mein Bruder stand da, er bewegte seine kalten Füße nicht. Mein Vater trug einen Pullover unter dem Rock. Diesmal war ich es, die wegfuhr, Ruthie, die Bahnhofsstimmung der beiden da unten galt diesmal nicht dir.

Am Gleis gegenüber zog ein Mann mit Overall und Schildmütze Schrauben an. Sein Gehilfe stand bloß so da, das Arbeitsgerät in der Hand. Er schaute herüber. Willst du denn rückwärts fahren, fragte mein Vater.

Meine Mutter hatte mich beim Packen mit einem Sommerkleid ertappt. So lang bleibst du weg, fragte sie. Wieder betrachtete sie mich, als habe ein rätselhafter Zufall sie in diese Familie verschlagen. Dann haben wir nur noch den Manfred, sagte Tante Leonie. Du hast dir einen leichteren Abgang verschafft, Ruthie-Schwester. Tante Gusta hat meine Hand nicht loslassen wollen, wie sechs Monate später beim Abschied in der Anstalt. Ich wußte noch nichts von der Anstalt, ihrem Garten, ihren Besuchszeiten, vom besonders heißen Sommer dieses Jahres, vom Fehlen der Bäume und ihrer Schatten auf den geometrisch streng verlaufenden Kieswegen der Anstalt, und riß meine Hand aus ihrer.

Der beschäftigte Gleisarbeiter richtete sich auf und sagte etwas zu dem andern Arbeiter; jetzt sahen sie beide zu uns herüber. In diesem Augenblick grüßte mein leicht gekrümmt stehender Bruder Manfred eine Gruppe von kleinen Burschen, die seit der letzten gescheiterten Versetzung seine Klassenkameraden waren. Manfreds Hals, wieder ohne Schal, war etwas eingezogen, als rechne er mit einem Steinwurf. Was suchen denn die auf dem Bahnhof, fragte ich ihn. Er machte den Mund auf, aber er mußte anscheinend nicht gähnen. Meine Mutter war mit den Betten fertig, erst jetzt zeigte der Ischiasanfall seine wahre Stärke. Tante Gusta wollte Tante Leonie den Mop entreißen.

Viele Grüße an die Kampffische, sagte ich und wußte noch nichts von Zimmer neun im Hotel Wachtturm und von den Sätzen zwischen Strass und mir über die Kampffische meines Bruders. Darauf freute ich mich, auf etwas in dieser Art. Manfred hatte bei geringem Fieber ausgedehnte Dämmerstunden im Bett vor sich, wie er sie schätzt, wie die Eltern sie schätzen wegen der dadurch ruhigeren Vormittage, die sie aber auch fürchten, denn sie ziehen schlechte Leistungen in der Schule nach sich. Neue Bittschriften gegen neue Repetitionen; durch Sensibilität und Anfälligkeit meines Sohnes Manfred leider.

Ich merkte erst jetzt, daß die Arbeiter das Gleis verlassen hatten. Meinem Vater weiter einzureden, ich bliebe nur kurz fort, mochte ich jetzt nicht mehr. Die Mitschüler Manfreds, zusammengerottet und auffällig schweigsam, schlenderten an uns vorüber, machten kehrt, und diesmal suchten sie ihren Weg zwischen dem Waggon und den beiden Wartenden.

Also wie ist's, willst du nicht wieder aussteigen? Mein Vater rief das noch, als der Zug schon wegglitt. Ich spielte verschrecktes Theater, so als wolle ich wirklich aussteigen, ich winkte. Mein Vater ließ ein riesiges weißes Taschentuch vom unbewegten hochgestreckten Arm herabwehen. Manfred rührte keine Hand, wie bei jedem Abschied. Mein bald rudernder, bald segelnder Arm, den ich ihnen immer noch zeigte, ein Köder, der für sie unerreichbar war, mein Lächeln, mein Abschied von der Familie galten zuletzt, hinter Ablaufberg, Entschlackungsgrube und Kohlenbansen, nur noch den beiden Arbeitern und ihren groben freundlichen Zurufen; im selben Augenblick waren Vater und Manfred nicht mehr zu sehen.

Ich setzte mich auf meinen Fensterplatz und merkte, daß ich im Abteil nicht mehr allein war. Eine große alte Frau betrachtete mich mit ruhiger Neugier.

Die Mitschüler gaben es schon dem Omnibusbahnhof gegenüber auf, dieses komische Paar zu verfolgen, meinen kleinen Vater mit den kleinen Schritten neben dem nur widerspenstig sich vorwärtsbewegenden, um zwei Köpfe höheren Manfred. Sie gingen zu Fuß nach Haus. Sie fühlten sich etwas verloren, aber auch ruhiger, nun, da die Trennung vollzogen war. Es ändert wenig, ob ich weg bin oder bei ihnen. Manfred habe ich nie zur Rebellion überreden können. Meiner Mutter vermochte ich die Freude an Durchzug, Süßigkeiten, Naturhaarbesen, fettem Fleisch und Wettspielen nicht auszureden. Ich half Tante Gusta nicht mit Anweisungen zum Lesen, Stopfen, Sticken, Bügeln über das erste Stadium ihres Wahnsinns weg. Nichts lieferte ich als Beitrag zu Tante Leonies Monologen. Bei Wochenendbesuchen meines Bruders Reinhard und seiner Familie war ich meist außer Haus. Vor dir versteckte ich Süßigkeiten und Lieblingsbücher, Ruthie, bevor du vom Baum fielst und die Blutlache um deinen Kopf das Laub färbte.

War unser Abteilfenster schmutziger als die andern? Nun, mir lag nicht viel an der Aussicht. Ich sah nur diese zwei, meinen Vater und Manfred. Sie machen einen Umweg, so gut gefällt ihnen der Spaziergang. Manfred hat angefangen zu reden. Er erklärt wieder einmal den Vorgang der Farbentfaltung seiner beiden Kampffische, die nicht kämpfen, obwohl es sich um die teuren malaiischen handelt, mein Vater sah freundlich aus, hörte nicht zu und begann, sich bei seinen eigenen Gedanken wohl zu fühlen. Sie gehen noch um einen anderen Block, um ein Stückchen Kiefernwald zu erreichen. Manfred friert nicht mehr besonders, aber er schützt Halsschmerzen vor. Er wird bald im Bett bleiben.

Auch Strass mag es nicht, Schwarzfärberei. Ich fuhr ab, gut. Ich brachte die Stadt hinter mich, in der ich nach dreiunddreißig Jahren nicht mehr leben wollte. Es ging auch immerhin um Strass und mich. Die Frau gegenüber schmatzte, ohne zu essen. Das novafilm-Angebot habe ich blindlings angenommen, wie man eine vorübergehende Beschäftigung annimmt. Und selbst wenn ich insgeheim plante, danach mein Leben mit der Familie nicht wiederaufzunehmen – schön. Eine Sache wie die zwischen Strass und mir läßt sich nicht über ungefähr sechshundert Kilometer weg abwickeln.

Die Greisin beobachtete mich, allerdings mit dem Ausdruck der Gleichgültigkeit. Manfred redet über die Gleichgültigkeit der Kampffische und des Zebrafinkenpaars, nur daß diese beiden im Streit oder durch Sympathie keine besonderen Farben entwickeln könnten, daß es also egal sei – er redet und redet. Mein Vater kennt alles, er lacht dann ruckartig, ruft tztz und macht hmhm an den richtigen Stellen, ohne zuzuhören. Sie fühlen sich zur Zeit außerordentlich wohl, es ist ihr eigenbrötlerisches Behagen, jetzt ungestört.

Die Familie aufgeben! Das stammt von mir. Euer Wortschatz ist viel argloser. Höchstens meine Mutter, in den Augenblicken, in denen sie uns rätselhaft schockiert ansieht, plötzlich als Fremde zwischen uns, und auch, mit dem Fortschreiten ihrer Verkalkung, Tante Gusta, höchstens diese beiden übertreiben manchmal. Mir haben alle zugeredet, aufzubrechen und wegzufahren, um woanders etwas anzufangen, Strass auch. Strass und ich, wir waren bis dahin zu häufig getrennt voneinander in unseren verschiedenen Städten.

Ich fuhr zu Strass. Ich sah den hirschbraunen, etwas fleckigen Regenmantel und ihn, Strass, sehr gerade stehen an irgendeiner Haltestelle, mit hochgerecktem Hals, so wie beim Tanzen, er sieht komisch aus beim Tanzen, als mache er sich darüber lustig, er macht sich aber nicht lustig darüber, er schätzt Tanzen. Er notiert Für und Wider bei den Aufträgen mit geringem Auftragswert. Während er sich damit beschäftigt, hat sein Gesicht einen neugierigen und zustimmenden Ausdruck. Zu ihm fuhr ich, zu Strass, nicht weg von der Familie, diese Auslegung trifft es nicht – aber warum werde ich schon wieder laut. Das Unbeherrschte an dir, ich weiß ich weiß, der Name Rudolf muß nicht erst erwähnt werden, auch sonst keiner. Wenn du es bist, die aus dem Takt kommt, brauchst du uns nicht anzuschreien, schrie Rudolf mich an, als wir noch verlobt waren. Meine Mutter klopfte munter auf die Tasten, sie sah aber sehr ängstlich aus und wagte sich mit den Augen nicht einmal, um den Einsatz zu geben, in Rudolfs Richtung. Rechthaberisch dirigierte er uns zwei Takte vor und schonte seine sämige Baritonstimme, die gefühlvoller war, als man erwartete.

Mein jähzorniges Schätzchen, gib doch Ruhe! Sobald ich will, höre ich die Stimme meines Vaters, und ich will nicht. Die Stimme unseres Vaters, Ruthie, seine sanfte Stimme: Mein jähzorniges Schätzchen oder so, sanfte Worte. Wer wird denn sein Schwesterchen so garstig petzen. Das Geschaukel auf seinem Knie. Das frisch auseinandergefaltete Taschentuch, später Zügen schlaff nachwehend, damals mit dem Geruch seines Schranks in meinem Gesicht.

Ein Bastler bestellt bei der EFH drei Spezialschrauben, Umsatz 0,50 DM. Abwicklung des Auftrags 5 DM. Erlös 0,05 DM. Strass wird vielleicht von seinem kleinen Sohn abgelenkt, er fragt nach Zahlen über hundert. Welche Packeinheiten sind optimal? Strass im weinroten Pullover und mit Schuhen, die an Zehen und Fersen offen sind und in denen er seine empfindlichen Füße schont.

Die Alte mir gegenüber fuhr röchelnd aus einem anscheinend bösen Traum. Es war nicht mehr sonnig. Vater und Manfred verließen das Wäldchen. Die Tanten stritten in der Küche um Mengen und Zutaten, meine Mutter versuchte, sich eine starkfärbende, nach Fichtennadeln duftende Flüssigkeit ins Kreuz zu reiben. Sie hat das von mir, den Zorn, sagte meine Mutter und betrachtete mich neugierig unverwandt. Du Zorngickel, zorniges Schätzchen, es paßt nicht zu kleinen Mädchen, es kommt wahrscheinlich von der Schilddrüse wie bei deiner Mutter; und dann ihre freundlichen Finger mit zartem Druck auf meinem Hals, über meinem Kehlkopf; ich weiß nicht, Ruthie, ob ich lediglich diesen Untersuchungen meine Abneigung gegen enge Kragen verdanke.

Meine Mutter hatte auch jetzt mit dem Haushalt keine zusätzliche Arbeit. Manfred verschlechterte seine Leistungen in der Schule nicht. Die Tanten schrien einander nicht häufiger an. Mein Vater lachte nicht seltener. Mein Abschied bedeutete wenig. Ich fuhr jetzt durch Schwaben.

Mir wurde schlecht, als Rudolf wieder singend seine Stimme über uns erhob. Meine Mutter, zuckend wie ein Huhn, um den Takt zu halten, beugte ihr Gesicht gegen die Notenblätter. Meine Mutter ist kurzsichtig. Ihre geschwollenen Lider waren zusammengekniffen. Ich verzerrte den Mund, stupste die Zungenspitze gegen die Lippen und drehte mich trotz Rudolfs Verbot wieder weg von den andern.

Ich nenne es aufgeben, alles was ich im Rücken hatte auf meinem Platz Richtung Süden und Strass. Ich kannte die Kreisstadt noch nicht, den Friedhof nicht, den Stadtpark nicht, kein Grab, kein Hotel Wachtturm, keine Fairlop Road, aber ich erwartete immerhin ähnliches, während ich von der Stellung, die ich bei den novafilm-Leuten übernehmen sollte, etwas mehr wußte, und noch mehr von Strass, ungefähr welchen Anzug er trüge; ich wußte aber wieder nicht genau, wo ich ihn wiedersähe in der neoklassizistischen Stadt, die ich nur flüchtig kannte und deren Dialekt, Fassaden, wäßriges Bier ich sowieso nicht mochte.

Das schlapprige Wollkleid der Greisin im Zug hätte von der Schneiderin unserer Tanten stammen können. Die Donnerstage mit der Schneiderin von Tante Gusta, ich fuhr davon weg. Die Greisin bezahlte für Hühnersuppe mit einem Geldschein und merkte nicht, daß der Speisewagenkellner ihr deshalb grollte. Mit Würde machte sie ihm Scherereien. Dann löffelte sie träge, aß zwischendurch Brote, die Broten aus unserer Küche ähnlich sahen, sie erinnerten mich an den Schmerz meiner Mutter, als ich ihre Reisebrote ablehnte.

Strass dachte über neue Rabatte nach. Sein kleiner Sohn fragte nach zwei Sätzen unter einem Bild, worauf ein spitzgiebeliges Haus mit rotem Dach, qualmendem Schornstein und weißer Mauer zu sehen war, davor ein Mann und eine Frau, die sich an der Hand hielten und in deren Kleidung die Farben des Hauses wiederkehrten, ein Kind, das wie ein Mädchen aussah, aber Hosen anhatte, und ein scheckiger Baum. Strass las die beiden Sätze vor. Ich wußte noch nichts von Unterhaltungen zwischen Strass und mir zum Beispiel über die scheckige Verfärbung des Platanenlaubs im Stadtpark. Warum wird ein Teil der Platanenblätter im Herbst bloß gelb, während die anderen ein Apfelrot zustandebringen? «Im Gärtchen vor dem weißen Haus, spielt mit den Eltern unser Klaus.» Das Zwitterkind auf dem Bild stand ohne Spielzeug breitbeinig vor den Eltern und starrte den Leser an. Strass beantwortete die Frage seines Sohnes – Was spielt das Kind? – mit der Vermutung, es handle sich um ein Ratespiel oder um Lügensträußchen-Binden – falls dies Spiel Strass bekannt ist.

Die Platane westlich unserer Terrasse ist seit deinem Absturz nicht mehr gewachsen. Davon habe ich Strass ebenfalls erzählt, von unserer Wette und meiner Schuld an deinem Sturz, er hat aber wohl nicht richtig zugehört, auch liebt er Übertreibungen nicht, er war erschöpft nach einer wenig angenehmen Auseinandersetzung mit einem der EFH kritisch gegenüberstehenden Vertragsfirmeninhaber, ich habe es erzählt, auch daß es mir nie gefiel, wenn du waghalsig warst, Strass ist vielleicht eingeschlafen, ich hatte Angst vor Bäumen und Tieren, es ist auch übertrieben, dies Gerede von Schuld. Aber vor Erwachsenen hatte ich keine Angst, nicht wie du. Deine Schüchternheit war mir bequem, ich übertrumpfte dich, überall hieß es: die Kleine hat Charme, sie ist reizend, die Kleinere. Du bist von diesem Baum gefallen, und Schluß. Deine Zukunft geht vor, sagten die Eltern.

Der Zug hielt im Inselbahnhof eines kleinen Städtchens, die Station stand nicht im Fahrtprogramm, das die Greisin verwirrt durchblätterte. Sie schien bei dieser Unstimmigkeit sofort am Gelingen der ganzen Reise zu zweifeln. Ausflügler in Sonntagskleidung, denen unser Zug die Langeweile vertrieb, gafften vom Perron zu uns herauf.

Strass kennt jetzt die Leute, die in die Sprechstunde des Hals-Nasen-Ohrenarztes kommen, hauptsächlich Kinder, die sich nicht vertragen und nicht aufstehen wollen, wenn Erwachsene eintreten und keinen Platz mehr finden und vorwurfsvoll die Kinder fixieren, die Praxis geht gut, dann ein älterer Chorleiter und ein womöglich verrückte Frau mit selbstgeschnittenen Haaren – Doch als mein Zug am Inselbahnsteig der kleinen Stadt hielt und Strass vielleicht im weinroten Pullover, in Schuhen ohne Kappe und Ferse, seinem Sohn den zweiten Satz «Was qualmt da aus dem Schornstein raus? Es kommt vom Ofen in dem Haus» vorlas oder über ein Problem der innerbetrieblichen Organisation nachdachte, hat er dieses Sprechzimmer, diese Leute nicht gekannt, auch nicht den Hals-Nasen-Ohrenarzt, obwohl er damals bereits Beschwerden hatte, aber zögerte, eine Heilung ist allerdings nur durch frühzeitige Behandlung zu erreichen. Strass konsultierte seinen Hausarzt, der unschlüssig war.

Regen beunruhigte jetzt die Ausflügler auf dem Perron und lenkte sie von uns ab. Regen, Ruthie. Wir haben uns immer viel draus gemacht. Unsere ganze Familie, versessen auf Regen. Haben wir nicht auch etwas Verregnetes? Strass ist mehr für Sonne, er, der ehemalige Mathematikstudent. Wir fuhren weiter. Das novafilm-Angebot betraf gewisse Interviews und Texte, die ich zu schreiben hätte. Die Greisin mir gegenüber betrachtete die Landschaft ehrfürchtig. Sie sah keinem ähnlich, der mir einfiel, und erinnerte mich doch an jemanden. Dich, Ruthie, fand man damals kaum inmitten von Blut und Laub. Niemand hat geglaubt, daß du drüber wegkämst, und jeder fand, daß es ein Wunder war, und in unseren kleinen Hausandachten von damals dankten wir in abendlichen Extragebeten dafür, bis wir uns daran gewöhnt hatten. Und mir ist keiner mit Vorwürfen gekommen, ich war auch noch zu klein. Bis heute weiß ich nicht, ob ich in meinem Geheul um dich unsere Wette verraten habe. So oder so, was immer sie davon wissen, das Ergebnis bleibt gleich: die eine klettert auf den dünnen Ästen bis in die Platanenkrone, für nichts, oder für einen Hund aus Zelluloid. Erwachsene vom Schlag unserer Eltern finden da keinen Unterschied. Und die andere, die Kleinere? Unschuldig, auf jeden Fall. Dein Kätzchenkleid war übrigens zu retten, kam in die Reinigung und gehörte mir bereits, als es noch zu lang und zu weit für mich war. Zwischen Unfall und Infektionskrankheit hast du keine Zeit mehr gehabt, es zu tragen. In diesen Monaten hat man dein Versagen immer auf den Schädelbruch geschoben und ließ dich früher aus der Schule. Ob ein Zusammenhang bestand oder nicht, blieb ungeklärt. Ungeklärt auch, ob die komische fiebrige Erkrankung damit zu tun hatte, diese Art Hirnhautentzündung. Ähnlich hielten wir es mit meiner Schilddrüsengeschichte. Wir waren so, von jeher. Kein hartes Wort, überhaupt kein Wort mehr.

Ich denke jetzt an unser gutes Einvernehmen, sagte ich zu Strass, der unter Umständen schon schlief, vielleicht auch über Fräulein Maltans Schwierigkeiten mit der ältesten Fakturiermaschine und über ihr glattes Haar nachdachte. Wir hatten Frieden zu Haus, und das war uns wichtig.

Zu meiner Mutter, die erschlagen vom Ischias auf dem Bett lag, verkrümmt wie sie sich dorthin an Land gezogen hatte, zu meinem Vater, der sie anstarrte, versessen auf seinen Tee, den sie ihm nun nicht kochen konnte, zu meinem Bruder Manfred habe ich gesagt – anders anfangen, ruhig. Die novafilm-Leute brauchen mich, sagte ich zu diesen drei Verwandten, sie brauchen genau so jemanden wie mich – Sag, daß du weg willst, sagten sie nicht.

Wenig Genuß auf dieser Fahrt, es fiel mir schon schwer rauszusehen, die Strecke war langweilig, aber seit wann fand ich Wegstrecken langweilig, wie gern fuhr ich früher mit Strass im R 8, vor seiner Versetzung und Beförderung zum Organisationsberater der EFH, früher, diese Strecken zu ländlichen Filialen seiner damaligen Firma, und wie sehr genoß ich jeden eintönigen Ausblick, es lag also an diesem Tag. Wir würden sie wiederaufnehmen, Strass und ich, gemeinsame Fahrten im R 8, falls ich frei bekäme von meinem unbekannten novafilm-Vorgesetzten Kobler. Strass befindet sich zu fünfzig Prozent der Zeit auf Reisen. Sein Posten bei der EFH wurde gewissermaßen für ihn erst geschaffen. Regelmäßig besucht er die Vertragsfirmen, die Handels- und Werkstättengeschäfte betreiben, Beratungsbesuche. Er hält auch Informationsvorträge, und zwar vor Verkaufsleitern und Gebietsbearbeitern. Mit einem belustigten, auch zustimmenden Ausdruck, der sein Gesicht beim Nachdenken um die Augen verändert, redet er über innerbetriebliche, zwischenbetriebliche und betriebsvergleichende Organisation meistens in gemieteten Hotelräumen, in Konferenzsälen, wenn es sich um größere Hotels handelt, in Vortragsräumen der Betriebe, wenn es sich um größere Betriebe handelt, er redet ziemlich frei vom Konzept, zeigt aber aus Schüchternheit oder Bescheidenheit nicht, wie wenig er überhaupt sein Konzept braucht, und hält daher den Kopf immer etwas zum Pult geneigt, auch weil er für die meisten Pulte zu groß ist, man sieht sein Gesicht leicht schräg nach unten gekippt, während er auch Verkaufsfragen erörtert.

Ich wiederhole: fünfzig Prozent auf Reisen. Fünfzig Prozent Büro, das hieß zwar: in der Stadt bleiben, auf die ich zufuhr, doch abzuziehen war einmal seine Arbeitszeit, die Zeit bis siebzehn Uhr. Außerdem wußte ich damals noch nichts von dreijähriger Aufhebung der häuslichen Gemeinschaft, deshalb dachte ich auch an die vielen Abende, die Samstage und die Sonntage, die Strass mit seiner Frau und den Kindern verbringen müßte. So viel, meine Liebe, bliebe für mich nicht übrig von Strass, auch wenn ich da jetzt in seine Nähe zog, du siehst das ein.

Die Greisin entnahm einer Medizinflasche mit der Aufschrift Aktivan zwei Löffel dunkler Flüssigkeit. Sie stärkte sich also. Sie war alt und unverdrossen, während Manfred beim Mittagessen, das die Familie völlig stumm einnahm, die Mutter oben, seinen Halswehplan durchdachte.

In dem eiskalten Schlafzimmer der Carters in Nummer 180 der Fairlop Road, mir am Tage meines Abschieds von der Familie noch unbekannt, habe ich Strass, der in der rechten Hand unsere Taschenflasche mit Whisky hielt und rechts vor mir lag, zum Beispiel auch erzählt, daß ich dich sogar beneidet habe, wenn ich dein Los mit meinem verglich. Hör auf, sagte Strass freundlich wie immer und leise, er kopierte, mit seinem gesunden und mit dem erkrankten Stimmband, so irgendwas aus unserm Repertoire, er sagte, hör auf mit traurigen Sachen und pfiff oder summte, und ich selber bin es leid zu sehen, wie gut ich mit Dingen wie übler Nachrede zurechtkomme. Was war so unleidlich an jemand doch ganz Nettem namens Rudolf? Seine Stimme schlug weich an, schwang sich auf, Rudolf sang, er habe genug, seine Augen wurden klein und töricht.

Ich nahm mir vor, mich allmählich zu freuen, nicht übermäßig, auf das andere Leben – ich wußte noch nichts von Schloß Eisern Hand – auf die vielleicht netten novafilm-Leute – ich wußte noch nichts vom Schock des Sonntags in der schlammigen Auffahrt der Aumühle – und selbstverständlich auf alles mit Strass, mich zu freuen. Der Zugrevisor betrachtete mein Billet mit Argwohn. Die Greisin zeigte zur Ergänzung ihrer Fahrkarte zwei abgegriffene Ausweise, die sie umständlich aus blinden Plastiketuis zerrte. Wahrscheinlich war sie invalid und zeterte in einem dürftigen Bekanntenkreis um verlorene Heimat. Es war neblig, ich kannte noch nicht den Nebel der Fairlop Road, es war selbst im Abteil nicht richtig warm. Eigentlich übertrieben, gerade im Januar abzufahren, findest du nicht?

Als meine Mutter mit wichtigtuerischen Schmerzen aufwachte, als mein Vater Tee vermißte, als Manfred im Schaukelstuhl erlahmte, von allen acht freigelassenen Vögeln umschwirrt, als meine verzankten Tanten Gusta und Leonie vor seiner Tür einig wurden und um Einlaß bettelten und alles betrachten wollten: Zebrafinken, Tigerfinken, Ringeltaube, Shamadrossel, blauen Bischof und einbeinigen Kernbeißer, als sie zu Haus dachten, es wird um die vier rum sein, ungefähr vier – genau um fünfzehn Uhr achtundvierzig kam ich auf dem Hauptbahnhof an. Mit Strass konnte ich um diese Stunde nicht rechnen. Beim Aussteigen zwischen zwei Männern fiel mir auf, daß ich die vielen Stunden der Reise ausschließlich in der Gesellschaft einer alten Frau verbracht hatte. Obgleich mehrmals Männer an unserer Abteiltür vorbeigeschlendert waren, obgleich sie entweder aus Neugier oder auf Platzsuche durch die Scheibe gesehen hatten, war keiner eingetreten. Den novafilm-Leuten wollte ich nicht so gleichgültig sein wie den Leuten im Zug. Ich ging auf die Sperre zu; ich gab mir Mühe, ruhig zu werden. Die Beschreibung meiner Person, die ich den mir unbekannten Arbeitgebern geschickt hatte, damit sie mich an der Sperre fänden, genierte mich jetzt. Herr Kobler sollte in mir jemanden erkennen, der, ziemlich groß, schlank, ohne Kopfbedeckung, braunhaarig, in dunkelblauem Mantel, zwei braune Koffer trüge und ein blasses Gesicht habe. Aber ich war rot im Gesicht, warum hatte ich «schlank» geschrieben, warum nicht «braun-meliert», das war nicht ich, die sie erwarteten.

Die Begrüßung zwischen mir und dem, der als «Kobler, novafilm», klein und schwäbisch auf mich zukam, machte mich nicht froher. Ruthie, es fällt mir jetzt leicht, ungerecht zu sein. Denn Kobler war freundlich. Ich mochte sein beiges Auto nicht, kein R 8, ich mochte das Maskottchen, eine Miniaturkamera nicht und nicht die karierten Wolldecken auf den Sitzen und das Zeug im Handschuhkasten. Strass hat kein Maskottchen im R 8, und auf seinem Rücksitz liegen Kartenmuster, Karteikarten, Kontenblätter, Lagerbuchhaltungskarteikarten, Rabattkarteikarten, verschiedene Muster und Unterlagen über Organisationsanleitungen, beim Hotel- und Gaststättenführer, damals noch seine schönen Handschuhe dazwischen und der stumpfweinrote Wollschal, wenn er ihn nicht anhatte. Kobler trug sein bräunliches Haar kurz und in die Stirn gekämmt. Mir fielen gleich entzündete konjunktivitische Augen auf, gebettet in die geschwollenen Lider, die meine Mutter quälen – und gegen die sie schon am Abend dieses ersten Tages meines Fernseins nichts unternähme, die Waffen streckend vor dem schlimmeren Übel Ischias, diesen Abend, an dem ich nicht die fünfzehn Tropfen in die Pipette saugen und dann zwischen Regenbogenhaut und merkwürdig schrumpligem Lid unterbringen könnte, am ersten Abend und nur mit meinem für pflegerische Dienste zu empfindlichen Vater, mit dem trägen Manfred, zwischen Vögeln und Aquarien unauffindbar, während er «I'm crying» hörte, und mit Tanten, die hinter ihre Zimmertüren gescheucht wurden, wo sie jetzt lamentieren; die Lider meiner Mutter ohne meinen Beistand.

Koblers übrigens auch braunen und auch kurzsichtigen Augen war mit dicken konkaven Gläsern noch nicht ausreichend geholfen, denn er beugte sich übers Steuer und brachte sein Gesicht beim Fahren der Windschutzscheibe nah. Mir war gleichgültig, wie schlecht er fuhr; vielleicht fuhr er nicht so schlecht. Kobler erzählte mir im Tonfall der schwäbischen Gegend, ich sei in einer netten ruhigen Pension untergebracht worden. Die Pension habe nur noch über Doppelzimmer verfügt, es mache mir hoffentlich nichts aus. Sofort hatte ich Angst vor der finanziellen Auseinandersetzung, die bevorstand. Das wird mich wohl ruinieren, sagte ich und versteckte mich gleich wieder hinter einem Gelächter über nichts. Wir stiegen in einer leeren, neoklassizistisch bebauten Straße aus, Kobler ging vor mir mit meinen Koffern auf ein dreistöckiges, lang nicht mehr verputztes Haus zu, auf die Pension Fischbach, dabei sagte er munter, sie verfügten vorläufig noch über beträchtliche Mittel und könnten mir den Aufenthalt bezahlen, auch von einem Mäzen war die Rede. Er riet mir, so oft wie möglich mit ihnen zu essen, die Stadt sei nicht billig, und ich werde erhebliche Beträge sparen, wenn ich mich an sie hielte. Ich dachte an Strass, dachte auch: gut, zu sparen, gut, ich werde mit denen essen, und kannte doch keinen außer Kobler, der mir nicht recht war.

Mein Zimmer, dies kostspielige Doppelzimmer, war angenehm. Ich nahm mir vor, in Ruhe an Strass zu denken und an Zimmer mit ihm. Ich sah mich nicht weiter um. Es störte mich, mit dem kleinen und schlecht sehenden Kobler dort zu stehen, im dämmerigen Zimmer im Stil der Jahrhundertwende, allein hier in der Nähe des mächtigen Doppelbettes. Es störte mich, störte mich. Strass. Die Tage dort hätten trotz allem anders anfangen müssen. Jetzt redete ich auch unzusammenhängend über einen Bekannten und nannte sogar seinen Namen, sprach aus, Strass, wovon wir schweigen wollten. Kobler paßte gar nicht auf. Womit schließlich hatte ich gerechnet, wenn nicht mit einem wie Kobler?

Wir standen rum, und jetzt merkte ich: er war ungeduldig, wollte weg, war auf nichts neugierig, und sagte schließlich, er müsse sich jetzt verabschieden, sei in Eile, leider, er empfahl mir ein Restaurant in der Nähe, ein solides und billiges Lokal, erst am andern Tag begänne meine Arbeit, und er lächelte ermutigend, ja, jetzt habe ich den einen Koffer geöffnet und mein Reisefläschchen hervorgekramt, ich wollte es mit Strass irgendwo an einer Haltestelle oder im R 8 trinken, hier drängte ich es nun Kobler auf. Wir müssen doch einfach auf diese Zusammenarbeit trinken! Müssen wir nicht einfach? Zwar war kein Glas da, und ich versicherte Kobler, ich sei gewohnt, einen Schluck aus der Flasche zu nehmen. Ich trank ihm zwei Schluck vor und hielt dann die Flasche ihm hin. Nun strahlte er mich an. Strahlend versicherte er mir sein Bedauern und daß er wirklich jetzt wegmüsse. Leider leider, strahlend.

Weshalb stand er noch da, mitten im Sesselarrangement? Er beschrieb jetzt Wege, wiederholte den Namen des preiswerten Restaurants, erwähnte Sehenswürdigkeiten. Wir drängten einander zur Tür, ich machte die Tür halb auf. Die Pension war bedenklich ruhig. Kobler redete von einer Direktrice, sie sei freundlich, sie werde mich später begrüßen. Das WC, der Spiegel, das Waschbecken, Alleinsein – aber keine Vorfreude. Wo die Ludwigstraße sei? Schwer zu finden? Er erklärte den Weg, nah und leicht zu finden. Um wieviel Uhr sollte ich am nächsten Morgen anfangen? Bloß nicht so pünktlich, rief er, es komme auf keine bestimmte Minute an, schließlich handle es sich um künstlerische Arbeit. Er lachte laut. Ich würde es ihnen doch nicht antun, Frühaufsteher zu sein? Jetzt hättest du mich hören sollen, Ruthie, du kennst mich. Ich habe beteuert, ich selber hasse Frühaufsteher und sei keiner; und jemand, er wohl, redete von guter Basis und vielversprechendem Start.

Noch aber ließ ich ihn nicht weg. Es war unnötig, ihn die paar

Hochparterrestufen hinunterzugeleiten. Er gab sich als der geringste Künstler unter den dreien aus, ihm obliege das Organisatorische neben der Regie. Oh, neben der Regie? schrie ich. Gewiß, gewiß, Ulla Metz aber und Herr Dasch, die seien außerordentlich begabt und ob ich von Herrn Dasch gehört hätte, als Kameramann liege er momentan an der Spitze, Filip Dasch, ein f ein l ein p, ob ich seinen Streifen Soundso gesehen hätte – Streifen! Er hat Streifen gesagt. Er war weg. Zu Hause würden sie meine drei abendlichen Sätze zu Manfred vermissen. Die drei Schläge deiner rechten Faust, die gute Nacht bedeuten, dein nächtlicher Gruß gegen die Wand zwischen Schlafzimmer und Badezimmer, dein Abschied von Vater und Mutter für die Nacht. Er fehlt uns. Wir trauern auch den Begegnungen nach, die außerhalb der Zimmer unseres Hauses stattfinden, die unvermeidlich sind auf Fluren und im Treppengehäuse, wo wir aneinander vorbeimüssen, wo wir Laute und manchmal Worte ausstoßen und uns zulächeln, dort am Geländer, dort im Schatten, meine Mutter hält mich fest, wahrscheinlich rötet sich schon mein Handgelenk in ihrem Griff, ich finde die Stelle, ich kann sie nicht erkennen, es ist zu dunkel, aber ich spüre sie, hier im Dunkel meines Zimmers.

Es hat dann an die Tür meines Zimmers in der Pension Fischbach geklopft. Irgend jemand vom Personal hat mir ein Couvert überreicht. Ich habe kaum Zeit gehabt zu hoffen, es handle sich um eine Botschaft von Strass, denn ich erkannte rasch die Schrift meines Vaters. Dies sei seine Begrüßung aus der Ferne, schrieb er, seine Überraschung, seine Medizin gegen meine Einsamkeitsgefühle, er bedauere mich, er wünsche mir alles Gute und ob ich mal Zeit fände, ein paar Worte zu schreiben? Ich schrieb noch am gleichen Abend.

Strass hatte ich im Büro nicht erreichen können. Ich wußte aber, daß er nicht auf Reisen war und diesen Sonntag Überstunden machte. Ich weiß, daß ein Telefon in der Gegend um seinen linken Ellbogen steht, wenn er sich an seinem Schreibtisch aufhält, sein Schreibtisch befindet sich in einem Glaskasten am südlichen Ende eines alten und mittelgroßen Büros, in dem drei Herren, zwei Lehrlinge und zwei Schreibdamen Strass unterstellt sind, eines häßlichen Büros in der ersten Etage des Südbaus, der wie die meisten Gebäude des EFH-Komplexes veraltet und renovierungsbedürftig ist und an dem doch nichts mehr modernisiert wird, weil Strass bald über ein Großraumbüro blicken wird, über etwa zweihundert Leute, wahrscheinlich wieder von einem Glaskasten aus und wieder zusammen mit seinem Kollegen im Glaskasten, dem Abteilungs-Chefvertreter; Strass war nicht da.

Dann lag ich, viel zu früh, im Bett, konnte zum Lesen nicht ruhig werden und schlief doch ein, ja Ruthie, ich schlief sogar gut und lang, wenn man den frühen Zeitpunkt in Rechnung stellt, zu dem ich das Nachttischlämpchen, ehrlich gesagt mit einem Gefühl des Behagens, in diesem Moment ja, ausgeknipst habe und mich auf die Seite drehte. Ich träumte wohl nichts weiter und fühlte mich leidlich beim Aufwachen.

Von meinen beiden Uhren las ich verschiedene Zeiten ab; jedenfalls war es noch vor acht, als ich das Zimmermädchen nach dem Frühstück fragte. Zum erstenmal betrat ich den Salon. An niedrigen Tischen war gedeckt. Ich setzte mich an einen Tisch, der zu klein war für zwei Personen. Es fing gerade an zu schneien, noch war alles still in der Pension. Noch friedlich, noch unbesorgt schenkte ich mir Kaffee ein, er war stark und mehlig, aber daran lag es nicht, denn ich hatte noch keinen Schluck getrunken, ich hatte dem Kaffee lediglich angesehen, daß er stark war, es lag nicht am Kaffee, falls nicht sein Geruch genügte, was mir unwahrscheinlich vorkommt – Magenkrämpfe auf Grund von Kaffeegeruch, ich glaube es nicht. Ich krümmte mich, auch vor Schreck. Ich bin nicht magenleidend, nie gewesen, genausowenig hatte ich je mit rheumatischen Beschwerden zu tun, aber sie machten mein Mißgeschick unerträglich, gingen von den Halswirbeln aus und zogen abwärts zur rechten Schulter, zum Schulterblatt und zum rechten Oberarm. Ich saß zusammengekauert in meinem Sessel und blickte meine Tasse an.

Erst als mir gegenüber, obwohl ich den kleinsten Tisch gewählt hatte, ein alter Mann Platz nahm, zwang ich mich, gleichgültig zu essen. Wir beide saßen einander viel zu dicht gegenüber, ich mußte darauf achten, daß beim Kauen kein Geräusch entstand. Es entstand dennoch, beim Schlucken. Wir saßen wie ein Ehepaar, unsere Finger hätten sich oft berühren müssen, unsere Gedecke stießen beinahe gegeneinander, wir hörten einander und wir atmeten einander an. Jeder Bissen schadete mir, und schließlich erhob ich mich schnell.

Ich verabschiedete mich ohne einen Laut, hatte allerdings guten Morgen sagen wollen. In der Tür blickte ich zurück. Der Alte fingerte am Deckel meiner Kaffeekanne. Ich schloß die Tür. Mein Zimmer wurde saubergemacht und ich mußte auf dem Flur warten. Ich betrachtete das Gästebuch und las Dokumente törichten Überschwangs, Gedichte, Huldigungen, Intimitäten. Mir tat die ganze Schulterpartie weh. Nach dem Saubermachen war mein Zimmer kalt. Es war noch viel zu früh für die novafilm-Langschläfer. Unhörbar, unsichtbar die riesige Stadt um mich her. Hinter dem altmodischen Spitzenvorhang des einen Fensters entdeckte ich einen Oleanderstock. Ich gehöre nicht zu den Frauen mit Leidenschaft für Blumen, Pflanzen überhaupt, wirklich nicht, ich wollte schon als Kind nie Sträuße pflücken, ich habe von jeher vergessen, an Sträuße in Zimmern zu denken. Aber jetzt mit dem Oleander gings mir auf einmal besser. Der Oleander blühte, er roch schwach süß. Drei offene weiße Blüten, drei Knospen, vier Zweige. Schwärzliche Erde. Ich legte drei Fingerkuppen auf die Erde. Sie war kurz vorher etwas aufgeharkt und auch begossen worden.

Dennoch, ich fand es immer noch ungerecht, daß ich mit schlechtem Befinden hier anfangen mußte. So war ich sicher selbst daran schuld, durch meine eigene Übellaunigkeit, daß Strass am Telefon wenig aufmunternd wirkte. Ich rief ihn um dreiviertel neun an. Er arbeitete schon an einem seiner Berichte. Ich sagte ihm meine Adresse. Er mußte diesen Bericht heute noch fertigstellen. Gestern hätte ich ihn nicht erreicht. Strass hatte, als ich ihn nicht erreichte, mit der innerbetrieblichen Organisation eines bestimmten Vertragsbetriebs zu tun, also mit seinem Spezialgebiet. Ich diktierte ihm langsam und zweimal meine sechsstellige Telefonnummer. Er liebt das, innerbetriebliche Organisation. Wir konnten nichts verabreden, wegen des dringenden Berichts, vorläufig. Er liebt arbeitersparende Methoden. Er rufe mich wieder an.

Mir fiel erst nach dem Telefonat ein, daß er mich tagsüber nicht in der Pension erreichen konnte. Und abends, von zu Hause aus, war es ganz ausgeschlossen. Jetzt war's mir plötzlich wichtig, noch an diesem Tag mit Strass zusammenzutreffen. Vielleicht hat auch mitgespielt, daß ich die novafilm-Leute nach der Kränkung vom Vorabend nun meinerseits kränken wollte. Ich brach auf und ging in die Ludwigstraße. Es war kalt, klare Gebirgsluft, Wetter, das ich nicht mag. Strass mag es.

Ich drückte auf den weißen Kunstharzknopf neben dem Emailschild mit der Aufschrift «novafilm». Niemand machte auf. Aus dem alten großen Haus, das meiner Pension in der Fischbachstraße ähnlich war, drang kein Geräusch. Ich stand in der Kälte, keiner erwartete mich. Ich hatte sie mit der Bitte um einen einzigen Tag Frist brüskieren wollen, mit dem Hinweis auf kleine Verwegenheiten, aber mit mir rechnete noch keiner. Keiner war aufgeregt, weil ich heute hier anfing, keiner war gespannt auf mich.

Ich schrieb auf einen Notizzettel aus meinem Taschenkalender: Erbitte freien Tag zum Einleben. Darunter: Danke. Es war neun Uhr zwanzig. Ich schrieb das Datum und als Zeitangabe: elf Uhr. Sie sollten es nicht noch mal sein, die jemanden auslachten, mich, ich schlich davon.

Über den ersten Tag möchte ich nicht reden. Strass rief gegen vier Uhr nachmittags wieder an, und zwar mitten aus einer kleinen improvisierten Konferenz mit zwei eben von Reisen zurückgekehrten Kollegen. Und am Abend? Strass wußte nicht, wie rasch er seine fällige Organisationsberechnung fertigstellen könnte. Ob ich am Südbau-Ausgang des EFH-Komplexes vielleicht warten solle? Strass befinde sich wahrscheinlich in der Gesellschaft seiner beiden Kollegen. Diese Kollegen machten für die EFH die Rentabilitätsberechnung, man treffe vermutlich noch den Kfz-technischen Verkaufsförderer. Später um halb sieben im Roxy auf ein Bier. Er sehne sich nach meinem Hals.

Ich rede gern von diesem Abend. Genauer: von dieser knappen Stunde zwischen dreiviertel sieben, er kam zu spät, und kurz nach halb acht. Was schadet der öde Nachmittag. Strass, Strass, Strass, der etwas schwerfällige, ziemlich erschöpfte Mann Anfang Vierzig, dieser immer freundliche, immer zu leise sprechende Statistiker aus Passion, er erzählte mir, neuerdings wähle er in der Kantine immer die Diabetiker-Diät, die sei etwas teurer, aber wesentlich sorgfältiger zubereitet, er hob seinen forstmeistergrünen Pullover und zeigte mir sein zerknittertes Hemd, das zu eng war. Er sei dick geworden vom Kantinenessen, er sei besorgt, ob er mir noch gefalle. Ich fragte nach seinen weinroten Pullovern, an die ich gewöhnt war. Das Bier, das rauchige Roxy gottlob dämmrig, denn mein Gesicht brannte. Sie hatten jetzt drei Schreibdamen pro Abteilung. Die novafilm-Leute, ein komischer Verein, hör zu, wie ich die sitzen ließ, heute. Strass hatte einen neuen Chef, einen neuen Abteilungsleiter. Dieser Chef reist ebenfalls, wenn auch seltener als Strass, er weiß aber über alles Bescheid. Morgen fang ich an, dort in der Ludwigstraße, ich habe keine Lust, einfach keine Lust. Dieser Chef ist als Kaufmann ausgebildet, war früher Vertreter, Gebietsbearbeiter, Verkaufsförderer. Ich würde lieber die novafilm-Sache aufgeben und bei euch anfangen. Ich hatte nachmittags wieder mal den tagebuchartigen Arbeitsbericht über Strass in der EFH gelesen und schlug vor, ich könnte Fakturistin werden. Sie fakturierten nach dem Flitzbandsystem, sagte Strass. Man könne überhaupt bloß halbtags etwas so Anstrengendes tun. Dann wolle ich es halbtags tun. Es sei aber nichts für mich. Er fing wieder von meinem Hals an und wollte mich küssen, so wie Strass küßt, es ist eine Art Anschnuppern, und er kommt nicht weit, ich rede jetzt von Küssen in der Öffentlichkeit, aber auch die anderen Küsse sind nicht raffiniert, das liegt mir, es liegt uns, wir halten von andern Sachen mehr. Welche Packeinheiten sind optimal? Wieviel von einem Artikel soll in die Verpackung, damit ich die genaue Menge treffe, die gebraucht wird? Fünfzig Schrauben in eine Packung, weil fünfzig auf einmal gebraucht werden: Strass fand das zweckmäßig. Er hatte Schwierigkeiten mit einem Geschäftsmann, der fünfzig zu viel fand, mit einem andern, dem fünfzig zu wenig waren.

Plötzlich stand Strass auf, eher zu früh. Nicht weil er zu spät nach Hause komme, sondern wegen des Qualms im Roxy. Ich verstand ihn nicht, damals. Mit dem belustigten, neugierigen, auch zustimmenden Ausdruck, den sein Gesicht durch Nachdenklichkeit annimmt, sah er zu mir herunter, ich stand jetzt auch auf, er half mir in den Mantel und redete zu leise über eine Seitenstrangentzündung im Rachen. Der Hausarzt hatte ihn am Vortag überwiesen, und Strass besuchte, als er mich nicht treffen konnte, den angesehenen Hals-Nasen-Ohrenarzt zum erstenmal, noch kannte er nicht die Leute aus dem Wartezimmer, einen älteren Chorleiter, eine vielleicht verrückte Frau mit selbstgeschnittenen Haaren, wir standen jetzt auf der Straße. Viele Kinder kommen zum Hals-Nasen-Ohrenarzt, sie können sich untereinander nicht leiden und stehen nicht auf, wenn Erwachsene eintreten und dies von ihnen erwarten. Wir gingen in Richtung auf irgendeine Haltestelle. Gurgeln hilft auch nichts, es ist tiefer. Strass deutete auf seinen weinroten Schal am Hals. Es wird von nun an zweimal in der Woche geätzt, eingepinselt, sagte Strass, das kostet Zeit, und Rauch ist schädlich. Mir fiel die Frage nach der nächsten Dienstreise ein, nach den Daten, ich wollte sie in der Ludwigstraße unterbreiten. Die nächste sei kurz, zweieinhalb Tage, lohne sich kaum für mich, häßliche Gegend. Wir küßten uns. Ich versprach, wieder anzurufen, er nannte es: melden. Ja, ich melde mich, gut.

Kaum war er weg, spürte ich wieder Magen und Schultergelenk. Ich schweige mich aus über den Abend. Mir war lediglich ein wenig wohler, wenn ich an unsere knappe Stunde und überhaupt an Strass denken konnte. Strass und ich, wir haben in Hotelzimmern gewohnt, am Strand gelegen, im Meer gebadet, Promenaden abgewandert und auf Piers geangelt, Roulette gespielt, Reusen gehoben, Bier getrunken, Muscheln gegessen, aber immer war nur noch wenig Zeit geblieben bis zu irgendeinem Aufbruch, und ich konnte mich über alles mit ihm aufregen wie am ersten Tag. He Ruthie, der erste Tag. Rudolf und ich, und du, warst du nicht auch dabei – wir nahmen an dieser Gesellschaft bei den Ritters teil, das beste daran war, daß wir über Nacht bleiben mußten, weil für mindestens sieben Gäste die Reise zu weit war. Darunter also wir. Rudolf aber fuhr trotzdem weg nach unserem Streit. Strass blieb. Dann die Nacht mit Strass. Du findest es wohl etwas komisch, daß wir zwei Fremden diese Nacht in einem Bett lagen. So haben wir uns kennengelernt, du weißt es, ich rede nicht zum erstenmal davon, mir gefiel er, kann sein, weil ich immer anglophil war und Strass englische Eltern hat, Vater und Stiefmutter, dann noch Verwandte in Renfrew.

Alma Ritter, der man nachsagte, sie sei mit Strass liiert oder wäre es gern, hat mich ihm vorgestellt. Er machte eine seiner kurzen Verbeugungen, die wie Kopien aussehen. Normale Bewegungen sehen bei Strass etwas albern aus. Sonst nichts weiter, wir trennten uns sofort wieder. Später haben wir zusammen «So go away» gesungen, er rascher als ich, wir haben uns drüber gestritten, er sagte damals, meine Version sei zu langsam, dann «Things we said today», wir einigten uns übers Tempo, das war schon oben im engen Bett des Mansardenzimmers neben deinem und Beas, falls ich mich nicht irre, falls du dabei warst, aber ich nehme dich mit, wohin ich kann, immer. Jedenfalls hat jemand, der eigentlich mit mir das Zimmer in der Mansarde der Ritters teilen sollte, sofort verstanden, daß er besser auszöge, um für Strass Platz zu machen, obwohl Strass nichts gesagt hat, nur in der Tür stand, und als die betreffende Person mit etwas Handgepäck über den Flur gegangen war, ist Strass eingetreten. Ihm wurde schlecht, nicht sehr, er hat sich einfach übergeben, so sachlich reagierte Strass auf Alkohol, und du siehst, er kam mir gleich wie eine Rarität vor. Ich weiß von keinem, der ihn nicht schätzt, Kollegen der EFH verehren ihn fast, wie ja auch die Chefs der Vertragsfirmen ihn mögen, spontan die einen, die ihn kennenlernen und natürlich nett finden, sofort, vielleicht auch etwas sonderbar, das hat mit der leisen Sprechweise von Strass zu tun, und die alten Vertragsfirmeninhaber sind anhänglich, die, die ihn länger kennen und vielleicht auch sonderbar finden und auch nett. Er kommt mit allen aus, mit den einfachen, die biedere Handwerker geblieben sind, mit den mißtrauischen Werkstattleuten, die den Rentabilitätsberechnern Schwierigkeiten machen, ihm aber nicht, mit den cleveren, die Bescheid wissen über schwache Stellen der EFH – sie würden Strass nichts Böses tun wollen. Niemand will das. Vielleicht niemand außer mir, manchmal.

Ich wollte es nicht tun.

Ich denke hierüber nicht allzuviel nach. In unserer Nachbarschaft war ein Kind mit breitem Gesicht, etwa vier Jahre alt, ich selber muß älter gewesen sein, Bertie, der dumme Sohn des Gärtners. Er stand am Zaun, steckte die fetten Finger durch die Drahtmaschen, spähte herüber, wartete darauf, daß ich ihn wieder durchs Loch zerrte und hinterm Fliedergebüsch bei den Mistbeetrampen in sein feistes Gesichtchen kniff.

Jedenfalls: ich saß in der Pension Fischbach, draußen lag der Schnee. Mein Zimmer war warm. Bei elektrischer Beleuchtung gefiel mir der Oleander kaum noch. Ich räumte ein bißchen auf, meine Sachen da- und dorthin, es sah so aus, als müsse ich mich doch für eine Weile einrichten. In meiner Tasche vermied ich das Etui mit Familienfotos, mein Vater hatte es mir zurechtgemacht für Momente der Traurigkeit, wie er sagte; wir sprachen das Wort Heimweh nicht aus. Aber ich fand im Paßfutteral mal wieder den inzwischen und auch damals schon abgegriffenen Zettel von Strass, den er mir am Morgen nach der Nacht bei den Ritters aufs Kopfkissen gelegt hatte. Seine länglichen Buchstaben; übrigens, ich mochte seine Schrift zuerst wirklich nicht, ich mochte überhaupt manches nicht, nicht sehr, an Strass, zum Beispiel – In der Nacht hatten wir unter anderm auch über Rudolf geredet, wir waren damals immerhin verlobt, Rudolf und ich, wir haben geredet und geredet, Strass durfte damals noch viel reden, obwohl viel reden ihm nie lag, und haben manchmal etwas geschlafen, dann wieder geredet, mehr als später und bei normalen Anlässen. Rudolf ist ein Idiot, hat Strass gesagt. Ich war beleidigt, ich sah es ein. Aber ich selber auch, sagte Strass, er selber sei auch ein Idiot. Am Morgen las ich in seiner komischen Schrift: ich bin ein Idiot und bleibe einer. Es war ein Gekracksel, als wolle jemand einen Schreibstift ausprobieren, die Mine gab anscheinend keinen Farbstoff her, Unsinn, wie von einem, der Schreibmaschine übt.

Es gelang mir, mein Frühstück des zweiten Tages bis acht hinauszuzögern. Ein schnaufender Mann saß diesmal mir gegenüber, wieder wurde der geringfügige Platz an meinem Tischchen von einem viel zu großen Mann gewählt, obwohl sonst noch alles frei war. Mit diesem Mann bin ich übrigens mehrmals zusammengestoßen, überm Tisch und unterm Tisch. Ich glaube nicht, daß wir uns jemals angesehen haben, nicht gleichzeitig. Er ist einfach auf diesen Tisch losgegangen, weil an ihm jemand saß, der dort offensichtlich Frühstück bekommen hatte. Vielleicht sah er nicht, daß auch die andern Tische gedeckt waren. Ich habe an keinem Morgen das ruhige Vergnügen gehabt, allein zu frühstücken. Unter allen Frühstücksnachbarn gab es nur einen, der mit mir zu reden versucht hat. Mir aber, wie an jedem Morgen, stand keine Stimme zur Verfügung und so begann ich meine Antwort mit einem Husten. Ich trennte mich abends von den novafilm-Leuten meist gegen halb sieben, oft auch früher. Die novafilm-Leute haben mich nach einem Abendessen im Milano nicht mehr eingeladen; ich habe davon Strass gegenüber nichts verlauten lassen.

Nein, ich hatte keinen Plan.

Ich habe oft an meinen freien Abenden Briefe geschrieben. Unser Vater schrieb mir jeden Morgen. Er schob dann seine Gesuche und ministeriellen Eingaben weg, ich meine, diese Entwürfe, aus denen ohne meinen Beistand niemals Resultate würden, er stellte das Radio schräg rechts vor sich hin auf den Schreibtisch und suchte eine Station, die Barockmusik sendete, klappte Lesungsheftchen und Gesangbuch auf und seufzte den Schreibblock an, ehe er das erste Blatt mit seinen dünnen Schriftzeichen bedeckte, mit Nachrichten aus dem Haus, mit Angaben übers Wetter, mit Beschwichtigungen, um die ich nie gebeten hatte. Nie habe ich geschrieben, mir gehe es nicht besonders gut. Nur, natürlich, daß ich sie alle vermisse und wie sehr man doch in der Fremde merke, wie gut, warm, angenehm es zu Hause sei.

Schön, da hatte ich also wieder mal einen Brief für zu Haus. Wieder war ich zu früh mit allem fertig, der Briefkasten lag auf dem Weg in die Ludwigstraße, mein Magen tat weh, während damals schon die Schulter-Nacken-Geschichte fast behoben war. Wieder bin ich in die winzige St.-Andreas-Kapelle eingetreten. Der sakrale Raum, wahrscheinlich eines der ehemaligen Wohnzimmer des düsteren Hauses aus der Gründerzeit, war wie immer für mich reserviert. Die Gemeinde der altkatholischen Kirche ließ mich um diese Zeit in ihrem Andachtssaal allein, und hier war ich lieber allein als in meiner Pension. Auf einer der beigegestrichenen Betbänke, die zu sechst hintereinander zwei ungefähr fünfzehn Sitzplätze breite Reihen bilden, genauer gesagt auf meinem Stammplatz dort, habe ich wieder Platz genommen. Es war wie immer kalt, ich habe wie immer den schmächtigen Altar angeschaut, das Harmonium, so habe ich dort rundum geblickt und auf irgendwas gehofft. Es hätte doch viel für mich bedeuten sollen, daß seit meiner Abreise von zu Haus nun alles ruhig war. Worauf hatte ich denn gewartet, wenn nicht auf diese Ruhe? Ich war von jeher versessen auf Ruhe, bald um mit dir, Ruthie, nach einer unserer Zankereien zu hadern, irgendwas zu bereuen, um Tante Leonie zu hassen, um Tante Gusta in Gedanken zu vergiften, bald, um mich mit mir selber über Rudolf auszusprechen, seine Fehler in ruhigem Gemurmel vor mich hinzubreiten. Dann Ruhe, später und jetzt, um mir die gesamte Strass-Angelegenheit darzulegen, was weiß ich, etwas in der Richtung werde ich doch wohl vorgehabt haben, während ich im Familienleben zapplig vor Ungeduld dies hier, dies jetzt, vermißte. Von solchen Gelegenheiten habe ich geträumt: in so einer Zimmerkirche allein sitzen, meinetwegen frieren, eine Kerze anzünden und an Strass denken. Die wahrscheinlich arme Gemeinde, der fast alle üblichen Devotionalien zu teuer sein mußten – falls die Kargheit des Sälchens nicht Glaubenssache war – hat aber wieder nicht von meinem Aufenthalt profitiert. Ich konnte mich nicht entschließen, den Opferstock zu benutzen. Auch habe ich keine Kerze auf den Altar gestellt, auch kaum an Strass gedacht, nicht in der Art, wie ich es wollte. Und doch war ich am liebsten hier im Schutz der mir unverständlichen Frömmigkeit, ohne zu beten, ohne zu weinen, ohne über St. Andreas Bescheid zu wissen, ich saß hier meine Zeit ab, wie ich sie in der Pension und im novafilm-Studio absaß, aber hier kam es mir nicht so völlig zwecklos vor.

Ich habe immer um Punkt neun bei novafilm geklingelt, ich setzte das durch, mir kam's nicht mehr darauf an, ihnen zu gefallen. Seit ich wußte, was sie von mir verlangten, so daß ich bereits das Ende unserer Zusammenarbeit absehen konnte, arbeitete ich zielstrebig. Sie waren beauftragt, einen Film über junge Mädchen zu machen, sie hatten schon ihre genauen Vorstellungen von diesem Film, und ich war nichts weiter als eben nur die Hilfskraft von Ulla Metz; sie redete junge Mädchen auf der Straße, an Fabrikausgängen, in Läden, Restaurants, Bars an und bestellte sie zu Interviews ins Studio. Da pflegten wir die Mädchen über ihre Lebensumstände, Erfahrungen, Pläne auszufragen, und während wir sie mit Zigaretten, billigem Literwein, billigem Gebäck bewirteten, nahm das Tonband ihr Parlando auf. Übrigens war die Bewirtung unser einziges Entgelt für die Gefälligkeit der Mädchen.

Jeden Morgen war Miranda, Ullas Hilfscutterin, die erste und einzige im Studio. Ich hatte sie gern und konnte mich doch kaum einmal zu einer Unterhaltung mit ihr aufraffen. Sie behandelte mich liebevoll, ich kam mir aber albern und alt vor und brachte es nicht fertig, sie für harmlos zu halten. Kurz vor zehn dann, nachdem ich in Mirandas Gesellschaft die Tonbänder des vergangenen Abends abgehört und mir Notizen über deren Brauchbarkeit gemacht hatte, erschien gähnend Dasch; er war aus Trägheit unfreundlich. Meinen Arbeitseifer fand er amüsant, und für meine Verdrossenheit hatte er keinen Blick. Er murmelte was von einem Film, den wir heute ansehen wollten. Ob denn auch ich diesen Film sehen müsse, fragte ich. Selbstverständlich, rief Dasch, eine Chance wie die schlägt man nicht in den Wind. Ich schlug ihm vor, statt meiner doch Miranda mitzunehmen. Miranda wurde rot vor Eifer und Erwartung. Ich war mir aber in diesem Augenblick meines Vorrangs vor Miranda sicher und wußte, daß Dasch nicht einwilligen werde. Ich sagte: Nach dieser Arbeit für Sie bin ich wieder ein Laie wie jedermann, und zwar kein besonders für den Film entflammter Laie. Dasch sah mich abwesend an, bevor er gähnte. Gähnend sagte er, Ulla und Kobler träfen uns vor einem Kino, das Cineasten hin und wieder für Privatvorstellungen mieteten. Ulla und Kobler, das hatten sie mich so rasch wie möglich wissen lassen, lebten unverheiratet beisammen und mit Ullas Mutter, sie paßten aber nicht zueinander. Längst auch kannte ich Ullas, diesen Zusammenschluß schmiedende, unglückliche Liebesgeschichte mit einem, der angeblich zu ihr gepaßt hatte. Ulla, Cutterin und außerdem Herz und Kopf der novafilm, hat mich vom ersten Tag an merkwürdig belästigt, Strass hat es nicht verstanden, ich selber weiß nur, daß der Umgang mit ihr mich immer überanstrengt hat. Eine Stunde im Schneideraum konnte mich krank machen vor Unruhe.

Das ist doch Unsinn, sagte Strass. Seine Stimme war zu leise, wie immer lächelte er halbwegs beim Sprechen, und dies bewirkte, daß man seine Worte nicht besonders ernst nahm. Für gewöhnlich mag ich diese leichte Abwertung dessen, was er mitzuteilen hat. Ich hatte eine Woche Urlaub genommen und Strass auf seiner Reise in eine Kreisstadt begleitet, von wo aus er kurze Fahrten zu kleineren Betrieben unternahm, aber ohne mich. Zumeist hatte er in der Kreisstadt selber zu tun. Dennoch verbrachte ich die Tage selbstverständlich allein, und zwar, weil es kalt war, meist in unserem Zimmer des Hotels Wachtturm in der zweiten Etage des neueren Teils; drei Fenster, von denen eins nicht fest schloß, gingen in Richtung Süden und Stadtzentrum, und weil das Hotel an einer leicht ansteigenden Straße lag, sah ich von einer beträchtlichen Höhe auf die renovierten Dächer und Antennen der zusammengepferchten Fachwerkhäuser. Die beiden Putzfrauen hatten es sich angewöhnt, mit mir morgens zu plaudern, seit ich sie am ersten Tag mit Zuhören verwöhnt hatte. Wenn sie sich meinem Zimmer näherten, wollte ich weg, aber sie erwischten mich jedesmal. Sie vertrauen sich mir an, sagte ich zu Strass, gefällt dir das, man hat Vertrauen zu mir. Er wird darüber eingeschlafen sein. Die eine erinnerte mich an die Greisin aus meinem Abteil auf der Fahrt zur novafilm, also auch an jemanden aus meiner Familie, an diese unscharf bekannte Person, die vielleicht nicht existierte. Sie war allerdings viel kleiner, ihr Hals bestand aus zwei voneinander getrennten, durch einen unsichtbaren Strick strangulierten Wülsten, und als müsse die bedrohliche Lage dieses Halses noch bekräftigt werden, wackelte über ihm der bleiche Kopf, wie um alles in Frage zu stellen. Graues Haar stand buschig weg. In einem Lädchen zwischen Kurzwaren, Lottoscheinen und Filzpantoffeln mußte die Frau den eisblauen Pullover mit schwarzen Sternen zutage gefördert haben. Die zweite Frau trug einen Kittel. Sie war jünger und verheiratet.

Jeden Morgen rissen sie sich ums Wort und starrten dabei mich an wie ihren Dirigenten. Die Verheiratete, der die Pflege des Waschbeckens oblag, stand mit feuchtem Lappen fassungslos, mit herabhängenden Armen ans Bett gelehnt vor mir, ihre Augen aufgeregt, vor den schräg vorstehenden Zähnen wichen die Lippen zurück: Mit Malzkaffee und Brotbrocken drin habe ich meinen Ältesten aufziehn müssen, das ist der Krieg, einen Säugling mit Kaffee aufziehn! Die Alte, Kleine entfaltete träge die beige Schlafanzugshose von Strass. Sie nickte, schüttelte den Kopf, wartend auf eine winzige Pause. Auch sie war, ich wußte das, mit Malzkaffee aufgezogen worden, als Säugling des Ersten Weltkriegs, hatte daraufhin ihr Lebtag nicht mehr richtigen Spaß am Essen gehabt. Jetzt, ja, jetzt war sie dick, aber vom Essen kam es nicht. Es lag an den Nerven. Genau wie die Sache mit dem Kopfwakkeln. Seit vor Jahrzehnten das Dorf, aus dem sie stammte, ihr unvergeßliches Dorf unter Artilleriebeschuß gelegen hatte – sie liebte das Wort Artilleriebeschuß, sie betrachtete mich von oben bis unten und sprach es mit Genuß aus: als wir unter Artilleriebeschuß lagen, bin ich – habe ich – Mitten aus dem Wochenbett raus, rief die Verheiratete, mußte raus, raus und auf die Flucht. Seither habe ich das Nervenleiden. Von der Artillerie.

Ich stand in der halboffenen Tür und hoffte, jemand von der Hotelleitung könne uns hören. Ich halte Sie auf, sagte ich. Sie beteuerten sofort, das Gegenteil sei der Fall. Man dürfe nicht den ganzen Tag arbeiten. Beiden hatten Ärzte das Arbeiten eigentlich verboten. Die Verheiratete lächelte mich seltsam glühend und vertraulich an. Ihr Mann arbeitete, ihr Sohn, ihre Tochter, sie selber – Alle arbeiten, nur die beiden Jüngsten gehen zur Schule, bald werden auch sie arbeiten, das Auto fährt, es fährt sie alle jeden Morgen in die Kreisstadt und auch samstags, dann in die Städtischen Badeanstalten. Die Ledige besitzt ein Bad und ist stolz darauf. Jederzeit kann sie baden und dann ins Bett. Das Wasser heiß machen für so viele Leute, und dann der Dampf in der Wohnung: die Verheiratete denkt nicht daran. Sie redeten auch jetzt wieder merkwürdig voneinander isoliert, obwohl sie sich gegenseitig ihre Einsätze gaben, eine der anderen immer wieder ein neues Thema zuschusterte. Ich zog meine Handschuhe aus und machte mich im Mantel daran, mein Bett selber zuzudecken. Sie nahmen gar keine Notiz davon. Die Alte leistete lediglich einen gewissen Widerstand, als ich herumkam ans Bett von Strass und ihr die Schlafanzugshose wegnahm.

Am nächsten Morgen machte ich beide Betten schon ungehindert. Die Frauen unterhielten mich. Die Verheiratete, mitten in einem Bericht über die Streitereien auf ihrem Dorf, schob mir sanft den Besen zu. Ich kehrte um die Ledige herum, die einsah, daß sie im Weg war und daher sich aufs Fußende des nächstgelegenen Bettes setzte. Es war das Bett von Strass, auf dem sie ihr Taschentuch zu den Augen führte. Oh, sie liebe Tiere über alles, von den Menschen und ihrer Artillerie und all dem Bösen habe sie genug, sie gebe ihr Leben für Kaninchen, Enten, Schweine, auch für Katzen, neulich auf der Straße habe sie eine hochgenommen und die Katze sei still geworden in ihrem Arm und die Leute blieben stehen. Ein Mann hatte gesagt: Das müßte man knipsen. Ich staubte ab und stellte mir das Foto vor, das entstanden wäre bei dieser Gelegenheit. Ohne auf ihre Gefährtin zu blicken und mit schadenfroher Verachtung rief die Verheiratete: Tiere haben wir übergenug! Sie erzählte nochmals, allerdings verkürzt, die Geschichte, in deren Verlauf ein junger Hund nach dreitägigem Zusammenleben mit ihrer Familie wieder abgegeben wurde. Alles hat geweint, die Großmutter, die Tante, die Kinder, glauben Sie nur. Sie selber habe nicht zum Putzen kommen können, so verheult sah sie aus.

Warum kehrte ich hier? Warum war alles niederdrückend, was diese Frauen mir sagen konnten? Sie waren nicht böse zu mir, und sie waren nicht ausgesprochen böse aufeinander, sie mißgönnten einander lediglich ihre Sprechzeit. Wenn Sie Tiere so gern haben, sagte ich zu der Nervenkranken, dann wandte ich mich an die Verheiratete, und wenn Sie so viele Tiere besitzen, könnten Sie doch – Ich stotterte an meinen guten Ratschlägen herum. Mich will keiner, rief die nun heftiger wackelnde Ledige. Die andere begutachtete den exaltierten Zustand der Ledigen. Die ist ja krank, sagte sie mit einem Ausdruck des Ekels. Jawohl, das bin ich, schrie die andere stolz. Und ich, rief jetzt die Verheiratete, der eben noch Kranksein als etwas Abstoßendes gegolten hatte, ich habe mit den Nieren zu tun, ich lebe überhaupt nur von Reis, dann mein Zucker, ich kriege Anfälle, und gerade bei diesem Wetter – Ich war fertig mit dem Zimmer und sagte es. Sie blickten ein wenig ernüchtert umher und verließen dann ganz gutwillig den Raum.

Ich schloß mich für ein paar Minuten ein. Strass, Strass, Strass – er kam jetzt gewiß gerade irgendwo an. Er begrüßte den Inhaber. Zwischen seinem Betrieb und der EFH bestand eine gewisse Spannung. Strass hatte keinen leichten Tag vor sich. Dieser Betrieb verkaufte schlecht. Der Inhaber empfinge ihn nicht besonders freundlich. Er ließ Strass dennoch ein, was blieb ihm übrig. Ich ging wieder in den Stadtpark. Du hast doch nicht etwa Verlangen nach der Pension Fischbach und nach den novafilm-Leuten, den Interviews – fragte ich mich, so wie ich mich vorher in der Pension Fischbach, bei den novafilm-Leuten, bei den Interviews gefragt hatte, ob ich nicht etwa nach meiner Familie verlange. Gewiß mochte ich den Stadtpark, wenn er auch zu klein war und rings umbaut, so daß überall Mauern, Gerüste, Schornsteine durchschimmerten. Er lehnte sich an einen Hügel, er profitierte vom oben beginnenden Wald, in den er überging. Laub lag noch unversehrt auf den Wegen, in Farben, die wechselten; gelbe Blätter, längliche grüne Blätter, rosige Blätter. Auch Kastanienblätter, Ruthie, werden zum Teil gelb und zum Teil rot, wie die Blätter deiner Platane.

Ich traf wieder die Frau und das Kind mit der Brandnarbe. Es saß dick verpackt in seinem Kinderwagen und versuchte, über die gewucherte Haut zwischen Nase und Schläfe wegzusehen. Das eine Auge war schräg zu etwa einem Drittel von den Brandschrunzeln überdacht. Immer im Stadtpark sah ich die rote Zipfelmütze des Kindes im Stadtparkdämmer, schwarz dabei die Frau, die ziemlich rasch den Wagen vor sich her stieß. Vom Krankenhausneubau zu Häupten des Stadtparks drang das Tukkern an- und abfahrender Lastwagen und unaufhörlich das Geschrei der Betonmischmaschine herauf. Anderswo wurde gehämmert. Vom Fuß des Hügels, vom Sägewerk her, hörte man die Kreissäge. Aber es war im Park ruhiger als in der Stadt; außer der Frau und dem Kind sah ich niemanden, ich führte meine halblauten, eintönigen Selbstgespräche über Strass. Er hatte einen unangenehmen Tag. Der Inhaber begrüßte ihn außerordentlich unliebenswürdig: Auf Sie habe ich gerade gewartet. Böse steckte er die öligen Hände in seine Overalltaschen, oder vielleicht trug er einen zusammengestoppelten Anzug? Sie können mir gar nichts sagen, Herr Strass, nichts, was ich nicht längst weiß, und zwar besser. Strass steht beschämt herum, tritt von einem Fuß auf den andern. Ich selber habe heute morgen diese etwas faden, grauen Wildlederschuhe mit plattgedrückten Drahtborsten gereinigt. Er sagt fast nichts. Er kennt sich einfach nicht aus mit Leuten, die ihn nicht mögen, es widerfährt ihm selten. Er lächelt sein vages Lächeln, er blinzelt unsicher, diesen Partner aber reizt die Angewohnheit von Strass, viel zu leise zu sprechen, oder er ist schwerhörig. Ich weiß ich weiß, mein Betrieb ist ein Sauladen, weiß ich – so ungefähr schreit der Inhaber. Strass sagt etwas, das der Inhaber nicht versteht. Strass muß es wiederholen, bei dieser Gelegenheit klingt seine sonst immer völlig gleichmütige Stimme noch höher und gereizt. Das macht den Mann nicht gefügiger. Strass ist aber gar nicht gereizt, seine Stimme klingt nur so.

Ich saß am Abend jenes Tages im Hotel Wachtturm und blätterte in den Aufzeichnungen über die Tätigkeit von Strass. Bei diesem unerfreulichen Betrieb mußte er noch einen Tag bleiben, er rief mich an, so blieb ich allein im Wachtturm. Mir schien es, als sei ich noch viel weiter vom liebevollen Hin und Her zu Hause entfernt, obwohl ich ihm nach Kilometern wieder nähergerückt war, dem Familiengeräusch, das andauert, auch wenn es für Stunden zum Schweigen gebracht wird, nachts beispielsweise oder während des Mittagsschlafs der Eltern und der Tanten; wenn allerdings Manfred singt oder die Taube kopiert, ist es wieder da, aber jetzt singt er kaum noch. Immer mehr Ruhe. Strass gab einen weiteren Tag zu und reiste von dort ohne Schlußbesprechung ab. Er begab sich im Hotel, in unserem Zimmer neun, sofort an die Arbeit, er sah noch beim Schreiben verärgert aus, der Bericht enthielt dann vermutlich viel Negatives. Er schloß mit dem Vorschlag, eine Aussprache zwischen Inhaber und Verkaufsleiter der EFH sei anzusetzen, danach drehte er sich auf dem Sessel um, zu mir. Seine mir so angenehmen Finger lagen auf den Tasten der Reiseschreibmaschine. Seit ihr Gerassel verstummt war, hörten wir aus dem Nebenzimmer das ins Waschbecken einlaufende Wasser. Strass hob leicht den Kopf. Das Licht im Zimmer war trüb, obwohl wir alle Lampen eingeschaltet hatten. Ich stellte mich neben Strass, er nahm meine herunterhängende linke Hand, hob sie hoch und legte sie sich auf den Kopf. Es geniert ihn offenbar nicht, daß sein Haar klebrig und auch nicht frei von Schuppen ist. Was willst du jetzt? fragte er. Heiraten, sagte ich. Wen? fragte er. Strass, sagte ich. Wann? Wenn er geschieden ist. Und wenn er sich nicht scheiden läßt? Dann eben nicht, sagte ich. Strass legte sich hin, erschöpft, so erschöpft ist er oft, er war es auch auf unserem einzigen großen Spaziergang. Fast stumm.

Strass wollte sich auf jeder gelben Bank des Stadtparks ausruhen, die gelben Bänke wurden von den zahlreichen Gastwirtschaften und Metzgereien der Stadt gestiftet. Ich konnte ihn aber dann doch bis auf den Hügel schleppen, bis über den Krankenhausneubau hinaus, dahin, wo der Wald endlich anfängt, den ich allein nicht betreten durfte – hat Strass es mir verboten? Ich glaube, er hat lediglich einem alten Verbot Rudolfs zugestimmt, meine Scheu vorm Wald stammt aus der Zeit von Rudolf. Man überfällt und vergewaltigt dort Frauen, sagte ich zu Strass. Er lachte, sofern ich mich nicht irre und dies Gelächter mit einem andern verwechsle. Also gut, sagte ich, morgen gehe ich allein in den Wald. Vielleicht hat mir kein Mensch je was verboten, vielleicht ist es so, daß ich mir diese Sperren nur einbilde. Wir redeten über gelbe und rosige Blätter ein und desselben Baums. Ich redete von unserer Platane und von deinem Absturz. Strass war müde, jetzt fehlten die gelben Bänke. Müde, krank vor Müdigkeit hing er überm Holzgeländer einer klapprigen Holzbrücke über die Litter, wir betrachteten die Enten, das Laub im Bach, wir redeten vom Laub und von den Enten. Wir kamen weiter, tiefer rein in den Wald ohne Spaziergängerwege, wir redeten über schwarzgeflecktes und zum Teil ganz schwarzes, auch blaues Laub der Himbeer- und Brombeersträucher, Strass erwähnte eine Wespenart, die diese Farbe ausscheide, ich glaubte es nicht, nur so, es war mir nicht wichtig, aber wir stritten uns, um drüber zu reden. Wir gerieten vier Schritte in einen aufgepflügten rotbraunen Weg und klebten fest, Wülste fettigen Tons deformierten unsere Schuhe. Strass kratzte zuerst meine, dann seine eigenen Schuhe unvollkommen mit Geäst ab – das sind Ereignisse, jetzt beweint man Sachen wie unsere Rast am Bahndamm, die Reden zwischen unserer Einsilbigkeit, wohltuend unterlassene Küsse.

Der Friedhof liegt am Nordrand der Stadt, seine nördliche Grenzmauer riegelt ihn ab gegen die winterliche Landschaft mit bräunlichen Hügeln und immer verhangenem Hintergrund, den ich mir aber hüglig wie die übrige Gegend rings um die Stadt dachte. Zuerst besuchte ich das Grab Ludwig. Es war mir durch seine quadratische Form aufgefallen, und außerdem hatte es keinen Grabstein. Vermutlich war Ludwig ein Kind, Kinder existieren nicht in Nachnamen. Aber die Kindergräber lagen in einem separierten Bezirk. Wann hat Ludwig gelebt, wie alt ist er geworden? Auf einer bordschwellenartigen Einfassung aus Granit stand in Goldlettern bloß sein Name. Das, was der Granit einfaßte, sagte mir zu, und nur die Kälte, die vom Kiesweg durch meine Schuhsohlen drang, während ich dort stand, konnte mich von meiner Versunkenheit ablenken. Ich dachte entsetzt, so ähnlich wollte ich ein Grab herrichten, wenn dies einst geschehen müßte, etwa Manfreds Grab – aber du widersprichst mit Recht, wieso sollte jemals ich des zwölf Jahre jüngeren Manfred Grab pflegen müssen, Unsinn. Ich würde auch wie die Verwandten von Ludwig eine Miniaturlandschaft bauen und auch nach dem Vorbild von Horn, denn die Anlage für Ludwig erinnerte mich an das Wald- und Heidegemisch auf unserer Ferieninsel, ich stellte mir die Halme groß vor, das Moos als Gebüsch, Farn und niedriges Nadelgewächs, dessen Namen Manfred bekannt wäre, als den knisternden, insektenreichen Staatswald des Seebads Horn, und ich sah uns dort alle hintereinander herlaufen wie üblich, unsern Vater mit leuchtendem weißen Schopf wie eh und je zu rasch vorneweg, willst du dich nicht mit uns unterhalten, schimpft Bruder Reinhard, ich lasse auch ihn noch, unverheiratet, teilnehmen, lasse dich dabeisein und mit mir Gealber veranstalten. Ich sehe uns alle in irgendeinem Lebensalter, aber unsere Mutter unbedingt am Ende des Trupps bei dem Kleinsten von uns.

Weiter, am Grab von Hugo Mord vorbei, einem grasüberwucherten Hügel mit schwarzpoliertem spatenförmigem Stein, ich mußte wieder Hugo Mord für einen schwierigen Burschen halten. Hatte ihn jemand gern gehabt? Zu den Gräbern von Listmann, Sandmann, Fruchtmann, Hehlmann – und da hast du es, schon wieder das unnachgiebige Band an euch, an Manfred und an seine Sammelleidenschaft für Namen auf «-mann». Rötlichviolette, krautartige Pflanzen waren auf dem Familiengrab der größten Metzgerei und Gastwirtschaft in Tontöpfen hintereinander gereiht und, erschrick nicht: das Grab sah dieser Pflanzen wegen wie das Grab unserer Mutter aus, sag ruhig, sie lebt. Es sind die mir bloß dem Namen nach unbekannten Lieblingspflanzen unserer Mutter. Wir müssen sie wohl oder übel einst auf ihr Grab stellen, so wie die Familie Drucher es tut; falls wir nicht, um endlich wenigstens nach ihrem Tod ihren nicht ganz geheuren Geschmack zu korrigieren, um sie endlich einmal wirksam zu belehren, gerade etwas ganz anderes wählen, etwa – es fällt mir nichts ein. Auf Aschers Grab die kümmerliche, wie eine Trauerweide gewachsene Birke. Warum profitiert sie nicht von den Verwesungschemikalien? Oder wirken die doch nicht düngend? Strass fragen. Ich vergaß immer alles, was ich ihn fragen wollte. Ich dachte damals an die Sache mit den farbverspritzenden Wespen, die ich ihm dann, bloß um im Gerede zu bleiben, nicht glaubte. «Wer fromm und treu und redlich war, dessen gedenkt man immerdar.» Familie Thias, «Auf Wiedersehen», mit Heinrich, Lotte, Kitti geborene Lerch, Söhnchen Johann, es lebte nur einen Tag, vielleicht keine Stunde lang, es hatte keine Zeit, fromm, treu und redlich zu sein, und mit all den andern Thias-Leuten, Metzger und Gastwirte und Bankstifter.

Ein etwas verkommenes Grab gehörte der Familie Spann, du weißt, ein Name, der auch in unserer Familie vorkommt, irgendwo mütterlicherseits, wahrscheinlich in Tante Gustas unbeachtetem Seitenzweig, es gibt inmitten der riesigen und stammbaumartig übereinander und nebeneinander gestuften Fotoarrangements an ihrer westlichen Zimmerwand auch eine Gruppe braunstichiger Abbildungen der Spann-Verwandten, schnauzbärtige strammstehende Männer in steifen Kragen und Frauen mit ausladenden Hochfrisuren und Spitzenhalskrausen. Holzkreuz und verwaschene Jahreszahl – so wird einst Tante Gustas Grab vernachlässigt werden, so wie die noch lebenden Überreste der Spanns hier werden auch wir, einst Tante Gustas Hinterbliebene, wenig Ehrgeiz für deren Lager aufbringen. Ehepaargräber sahen wie Doppelbetten aus, von denen oft eines, meistens das der Frau, noch frei war und gelassen abwartete. Ich wagte mich nur auf Schrittweite an die gestürzte Jesusfigur aus Gips heran, ich hätte sie gern Strass mitgebracht. Unterm Schutt von Kränzen, Schleifen, Spruchbändern und blumenbefrachtet warteten Särge neben ausgehobenen Gräbern wie Kähne, die vor Anker gehen wollen. Die Art der Sträuße und der Geruch dieser Aufbauten, etwas Erdiges und Festliches, vermittelte mir die Stimmung des Geburtstags eines älteren Verwandten.

Ich wollte es nicht.

Ja und dann der Stadtpark, Ruthie. Strass konnte nicht verstehen, was ich dran fand, er billigte es aber, daß ich Tag für Tag das gleiche tat. Ich lief mich müde und dachte, das sei das beste. Auch gab ich mir Mühe, die Gegenwart diesmal dadurch überhaupt zu erleben, daß ich sie genoß und bereits während eine Sache in Gang war, Gefühl für sie aufbrachte. Ich pflege ja im allgemeinen nur Vergangenes zu genießen; das ist eine lästige Marotte, immer verknüpft mit Reue, du verstehst. Als Strass in einer nahegelegenen größeren Stadt bloß einen Tag lang zu tun hatte, begleitete ich ihn, aber fast unwillig, glaub mir, ich war schon zu sehr an dies regelmäßige Einerlei zwischen Friedhof und Stadtpark gewöhnt, ja sogar an die Putzfrauen, denen ich an diesem Morgen entging, nur schnell die Betten habe ich machen können, wenn auch lediglich, um die Schlafanzüge vor ihnen in Sicherheit zu bringen. Du siehst, ich habe in dieser Kreisstadt meine Form von Behagen beinah gefunden, denn schließlich bin ich nicht so, daß ich nirgendwo und durch nichts zufriedenzustellen wäre. Oh, ich bin zufriedenzustellen. Nur weiß ich nicht immer genau, womit.

Strass lud sein Gepäck ins Auto. Wie gewöhnlich lagen auf dem Rücksitz einzelne Handschuhe und Tablettenröhrchen herum, bei Autokarten, Kontenblättern, Karteikarten, genauer: Lagerbuchhaltungskarteikarten, Rabattkarteikarten – ich bin nicht mehr ganz sicher, ob noch andere Karteikarten herumlagen, verschiedene Muster eben, dann der hirschbraune Regenmantel von Strass, sein weinroter Wollschal – ich habe die Unterlagen über Organisationsanleitungen vergessen. Er besuchte einen ziemlich veralteten Betrieb, der Schwiegersohn des Inhabers fing ihn ab, zwängte ihn und hinter ihm sich selber durch eine Tür in einen engen Abstellraum oder Privatraum zwischen Werkstatt und Büro, dort bat er ihn bei einem Kognak – er reichte ihm ein blindes Glas mit verblaßtem Eichstrich 0,2 trank seinen Kognak auf einen Zug aus – er bat ihn, etwas gegen seinen Schwiegervater zu unternehmen, der den ganzen Betrieb hoffnungslos aus der Mode kommen – oder vertrotteln vergammeln verludern lasse. Er als Schwiegersohn könne sich nicht durchsetzen, auch wolle er der Tochter des Inhabers, seiner Frau zuliebe, nicht scharf werden – oder böse energisch grob, wie immer er gesagt haben mag: jedenfalls stand Strass mit dem unerwünschten unbekömmlichen Kognak freundlich da, etwas besorgt sein höfliches Gesicht, dem es nie gelingt, aufmerksam auszusehen, irreführend, denn man rechnet nicht damit, daß Strass es ist, der den Lauf der Verhandlung bestimmt, lautlos wie nur ihm das gegeben ist, Strass mit dem Kognak, der ihm morgens schadet und den er doch nicht zurückweisen darf, Strass schon wieder müde und liebenswürdig und auch wie immer bereit, sich sofort seiner Leidenschaft für menschensparende Arbeitsmethoden, marktgerechte Preise und innerbetriebliche Organisation hinzugeben. Strass hat seine neuen Rabattkarteikarten auch dem Schwiegervater empfohlen, denn der war eingetreten, vermutlich mißtrauisch, Strass legte dem Schwiegervater nahe, mittels dieser Rabattkarteikarten oder der Lagerbuchhaltungskarteikarten, beziehungsweise der Kontenblätter = Zeit, Arbeit und Leute zu sparen, das hat den Schwiegersohn noch nicht überzeugt, und während er argwöhnisch auf den Tisch sah, hat Strass zu leise etwas von der Rendite gesagt und wie immer bei der Arbeit nicht an mich gedacht, was ich für richtig halte. Er rief, anstatt seinen Satz, den man nicht verstanden hatte, zu wiederholen, für seine Verhältnisse laut und nur dem Klang nach gereizt und sogar aufsässig: Der Kostenfaktor ist entscheidend.

Strass hat den Schwiegervater auf die Schulter geklopft, das ist eine Bewegung, die überhaupt nicht zu ihm paßt, er hat es also vielleicht doch nicht getan, woraufhin er, vom Schwiegersohn unruhig überwacht, dozierte: Als EFH-Dienst muß ich zu einem marktgerechten Preis anbieten. Der Schwiegervater fand dies einsehbar, so daß er nickte, sich jedoch immer noch nicht vom Schwiegersohn in ein drittes, auch blindes Glas mit Eichstrich Kognak einschenken ließ. Sein jetzt halb schon zutrauliches, halb noch verbohrtes Gesicht drückte, was die Kognakanbieterei des Schwiegersohns anging, Mißfallen aus. Es macht mir ein etwas unbehagliches Vergnügen, daß Strass diese Art Arbeit wirklich schätzt. Mein Verständnis macht, was Strass überhaupt betrifft, nur Annäherungsversuche. Strass hat dem Schwiegervater zugeprostet, mit seinem Kognak, den er nicht mochte; auch zuprosten paßt nicht zu Strass, er hat es aber wohl dennoch getan, beunruhigt von der dringlichen Aufforderung in den Augen des Schwiegersohns, und deshalb hat er schließlich auch noch mehr von dem aufgebracht, was Strass Mumm nennt, auch kein Wort für Strass, und, zum Schwiegervater, zuprostend, Schulter klopfend, ganz bestimmt gesagt: Diese Betriebswägelchen sind altmodisch, mein Lieber. Mein Lieber – hat er doch wohl nicht gesagt. Er wird mit «aber» «doch» «ziemlich» seinen Satz freundlich abgesteckt haben.

Der Schwiegersohn war jetzt endlich zufrieden, der Schwiegervater verstand nicht genau, fragte «Wie bitte?» von neuem mißtrauisch, ungefähr während ich die St.-Gotthardus-Kirche verließ, weil dort ein Mann im Mantel erschien, um das Schild zu rechtfertigen; Erwachsene: Besichtigung 0.30, Führung 0.50, Kinder die Hälfte. Ich überquerte den großen Platz zwischen St.-Gotthardus-Kirche und Dom und trat in den Dom ein. Strass versöhnte Schwiegervater und Schwiegersohn mit seiner unglaublichen Methode, fast ohne Worte, mit seinem Verhalten, das vermutlich Mitleid erregt, das Beschützerinstinkte weckt, mit der Einsilbigkeit, die als Scheu erscheint. Ich fror im Dom. Ein Aufseher fragte mich, ob ich die Führung zum Domschatz mitmachen wollte, ich sagte, ich müsse leider sofort weg und ging weg. Als ich Strass am späten Nachmittag traf, war er erschöpft, er hatte Kopfweh. Wir betraten ein Ledergeschäft und kauften gefütterte Handschuhe für ihn. Sie gefielen uns nicht besonders, Strass aber benötigte sie dringend, seit er den rechten Handschuh eines wirklich schönen Paars vermißte und seit an der rechten Hand, wahrscheinlich durch Kälte hervorgerufen, zwischen Daumen und Zeigefinger ein entzündeter rotbrauner Fleck sich gebildet hatte und, wie es Strass vorkam, sich auch noch ausbreitete.

Zwei Tage später, im kalten rauchigen Morgen, fuhr ich mit Daschs Lieferwagen durch die ganze Stadt bis in deren öden Westen, jetzt etwa zweihundertfünfzig Kilometer entfernt von der Kreisstadt mit Stadtpark. Die Schwierigkeiten beim Parkieren, das leise Schellen der Reiseschreibmaschine von Strass, unsere kleinen Biergelage in Zimmer neun, mein Sekt in Zimmer neun, der sterilisierte Kakao von Strass, Abende im Hotel Wachtturm und meine trübseligen Abendmahlzeiten ohne Strass, denn er kam oft erst später zurück, nicht weil er so lang zu arbeiten hatte, sondern weil er Einladungen zum Essen in die jeweilige Inhaberfamilie nicht ausschlagen durfte, ich saß dort unten, wo die junge Serviererin mit den schlappenden Pantinenschuhen aus Kork und Bast bediente. Ich bestellte immer wieder Bohnen und dazu die billigen unkomplizierten Gerichte trotz meiner Verlegenheit gegenüber der Serviererin und dem jungen und etwas schnippischen Hotelierehepaar, sie kreideten mir wahrscheinlich diese Knauserei übel an, ich aber wollte während des Essens lesen und selbstverständlich auch sparen, abgesehen davon, eine Frau allein am Tisch in trüber Beleuchtung hat karg zu essen, fand ich, fand Strass nicht, Strass selber wird das Hotelierehepaar wohl auch verärgert haben, weil er zu selten im Haus aß, zu leise grüßte, in der zweiten Etage mit der Schreibmaschine Unruhe stiftete – aber niemand hat sich beschwert, auch nicht über unsere Flaschenvorräte im Schrank, über unser Privatbier, unseren Extrakakao und den ganz und gar sträflichen Sekt.

Am frühen Morgen unserer Abreise entkam ich den Putzfrauen ohne Trinkgeld. Wegzufahren und in der Pension Fischbach wieder anzukommen bedeutete fast das gleiche wie früher eine Rückkehr nach Haus, keine leichte Rückkehr nach irgendeiner meiner raren Abstecher in ein unauffindbares Privatleben. Ich glaube nicht, daß Strass mich verstanden hat, weshalb mir kläglich zumute war, ich deutete es auch nur an. Noch einmal zwei Schritte durch wespenfleckiges Laub, Strass! Wiederholen: etwa unsere Stummheit zwischen Bahndamm und Litter, unsere Überquerung der Litter auf den zwölf Sandsteinquadern oberhalb des Wasserfalls, den Handschuhkauf, den Umweg über Mühle und Stadtpark wegen des Schäferhundes – Strass! – Er war bei seiner Familie, denn er hatte um einen freien Tag gebeten, einer Erkältung wegen.

Filip Dasch stellte den Lieferwagen drei Straßen weit vom Vorführkino weg in eine nasse dunkle Einfahrt unter das Schild Privat. Strass hätte hier nicht geparkt. Dasch gähnte, ich fror, Strass befand sich zu Hause und versuchte, seinem jüngsten Sohn vorzeitiges Lesen auszureden, einsilbig wahrscheinlich. Es war kalt, ab und zu fiel wäßriger Schnee. Strass schnauft etwas beim Schlafen. Ich schlafe besser ohne Strass. Im Gang des Kinos war es zugig, dort warteten Filip Dasch und ich mit einigen geckenhaften Männern, Filmbranche also. Zwischen zwei und vier Uhr wache ich auf, wenn ich mit Strass übernachte. Mir wurden die paar Leute vorgestellt, niemand war an dieser Unternehmung interessiert und es blieb beim üblichen Wortwechsel, nur Namen wurden ausgetauscht und ein genuscheltes «darf ich», «freut mich». Wir standen rum, während im Vorführraum noch eine andere Sensation abgespult wurde. Aber da stand ich, da brauchte mich niemand. Er war ungefähr elf. Meine Mutter, geduckt unterm Ischias, wagte sich wieder aus dem Bett, kehrte und mopte sich durch den Staub des oberen Flurs, der Mop stieß wieder und wieder gegen meine verschlossene Zimmertür. Die elektrisierten Vogelfedern stoben aus den Türritzen von Manfreds Zimmer und schwebten um den Wischlappen meiner Mutter, schädigten ihre katarrhalischen Bindehäute, widerstanden später auch dem Bohner, Mutter! O Schätzchen, du kleiner Zorngickel, ich mach's gern so, ich bring mich gern so ins Schwitzen, laß nur – Doch jetzt, daraufhin, nimmt sie den elektrischen Bohner, stumm und traurig, sie haßt ihn, sie sieht aus, als hätte sie geweint, aber das ist bloß das Erscheinungsbild der Konjunktivitis. Jetzt stürzt aufheulend zwischen zerspellendem Kunstharz der Bohner die Treppenstufen hinunter, sie verzweifelt, wie jedesmal wenn ihr das passiert und das wird so lang gehen, bis der Bohner kaputt ist. Tante Gusta und Tante Leonie lassen ihren Streit bereitwillig im Stich, der Bohnerkatastrophe zuliebe.

Kobler und Ulla trafen ein, die Gesellschaft belebte sich um das Zentrum Ulla, ich trat einen Schritt zurück. Auf seinem Liegebett links vom Schreibtisch hört mein Vater Barockmusik, den Bohner, das Heulen meiner Mutter, die keifenden Tanten, seine Mattigkeit beschwert sich mit Kummer, er dreht die Barockmusik etwas lauter, das, was ihm an Zähnen verblieb, tut weh und ist doch nicht der Schlüssel zu seinem weitschweifigen Leid.

Strass. Der Film drin ging zu Ende. Keiner wollte auf den Platz neben mir. Jetzt bald gäbe meine Mutter ihre Versuche auf, das Haus in Ordnung zu halten, sie zöge sich in ihr Ischiasbett zurück, auf ihr Schlachtschiff, bis zum Wochenendbesuch von Reinhard und seiner Familie. Man kann die eigenen Kinder doch nicht wegschicken, du mußt aufstehen, Liebes. Ich vergeudete Zeit bei einem Film namens «Neutralisation», frierend – frierend kehrte Manfred zu früh aus der Schule zurück, mit Leibschmerzen angeblich.

Ich glaube nicht, daß ich noch länger bleiben kann, sagte ich während der Mittagspause im Studio zu Kobler und Ulla. Meine Mutter ist ziemlich krank. Weil Filip Dasch gähnte, wohl eher deshalb als wegen meiner undeutlichen Sprechweise, hat man mich nicht verstanden. Was meinten Sie, haben Sie gesagt, daß Sie wegwollen? fragte Ulla. Nach einer kurzen Pause sagte ich, sie müsse sich verhört haben. Mein Oleander fiel mir ein, mein Sessel neben ihm. Dann Strass. Er kam an diesem Abend in die Pension, das war nett von ihm. Er war reichlich erkältet. Wie er von zu Haus losgekommen war, wollte er nicht erzählen. Wir legten uns nebeneinander auf das von mir benutzte Bett. Sein Sohn soll erst in der Schule lesen lernen. Daß ich sofort anfing mit Erinnerungen an die Kreisstadt, begriff Strass wohl nicht recht. Es würde seinen Sohn übermütig machen, wenn er schon lesen könnte. Ich sagte: Welche heißen nun also Fliegen, ich behaupte, es sind die kleinen, die stechen – und bevor er eindöste, murmelte er: Das sind Mücken, Liebling. Seine sympathischen Hände lagen auf mir. Ich wollte es nicht.

Montag, Dienstag, Mittwoch – immer das gleiche am späteren Nachmittag vor Fabrikausgängen, wo Ulla und ich Mädchen ansprachen und zu Interviews ins Studio baten. Die meisten sahen geschmeichelt und gleichzeitig kühl aus, sie zierten sich. Das Wort Film verwandelte sie, es war eine Droge. Kobler wartete indessen im Auto. Das Auto war zu schäbig, es parkierte etwas weiter weg, damit die Mädchen es nicht gleich sähen.

Ich schrieb nach Hause: Ich hatte recht, diese Arbeit anzunehmen, sie ist genau das richtige für mich. Dieser Film über junge Mädchen sämtlicher Gesellschaftsschichten, Intelligenzgrade und Berufe wird gewiß eine sehr interessante Sache. Für mich ist sie es jetzt schon. Schont euch, seid vernünftig, vergeßt nicht, eine Hausgehilfin zu suchen, vielleicht durch Inserat, bestell doch die Weißzeugnäherin auch fürs Bügeln, sorgt euch nicht, auch von der Schule verwiesene Schüler habe ihre Chancen, diese Erfahrungen macht man in einer Großstadt, wie ich sie jetzt erlebe. Ich verschweige sie nicht, meine Erleichterung nach derartigen Salbadereien im Stil unserer Familie. Das ist menschlich, Ruthie.

Vielleicht durch Strass, eines Tages würde ich ihnen entkommen. Strass beendete seinen Krankheitstag mit Kalkulationen des Ersatzteilbedarfs. Er holte mich am andern Tag um sechzehn Uhr fünfzehn in der Fischbachstraße ab. Um sechzehn Uhr dreißig begannen stets die Interviews, und ich war seither immer pünktlich gewesen. Strass begab sich wieder auf eine Vier-Tage-Reise. Er klopfte an meine Zimmertür und sah auch nach Reise aus, er war noch etwas verschnupft und um die übrigens blauen Augen faltiger als sonst. Jetzt, das war klar, haben wir uns geküßt.

Wir verließen das Zimmer und fuhren die paar Straßen bis zur Ludwigstraße; in der Höhe des novafilm-Gebäudes stiegen wir aus und standen neben dem R 8, auf dessen Rücksitz das übliche Reisezeug lag. Viel Spaß. Alles Gute. Er redete, etwa: lieber hier bleiben, nicht weg, gar keine Lust – und oft kam «bei dir» vor. Es war jetzt sechzehn Uhr dreißig vorbei. Ich hatte zwei Mädchen in den dunklen Vorgarten einschwenken sehen, vor der Eingangstür stehenbleiben, novafilm-Schild und Klingel suchen – Strass noch zu halten, war mir mehr wert, als mit ihnen zu meiner Arbeit zu gehen. Ich glaube, ich reise demnächst wieder ab, sagte ich. Wohin – mit mir, fragte Strass, sein Blick war zerstreut und herzlich in einem, seine Gedanken anscheinend anderswo. Nach Hause, sagte ich. Sanft und amüsiert hat er wohl widersprochen. Dann heirate mich, sagte ich. Ich hab keine Lust, sagte er. Wir lachten. Es war das Übliche, unsere ernste unaufgeklärte Angelegenheit. Er sagte wiedermal, ich solle nicht so direkt sein. Es sei unweiblich. Wieder Lachen. Vielleicht wäre ich nicht mehr da, wenn er zurückkäme, drohte ich. Er stieg jetzt ein. Er setzte sich breitbeinig hin, der R 8 ist zu eng und zu niedrig für ihn, der Regenmantel sähe knittrig aus, wenn er abends mit Koffer und Mappe im Hotel Schütz abstiege, ein mittleres Hotel, aber mit Garage, Strass plante eine mittlere Visitation. Übernachtung nach Aufwand.

Er zwängte seinen Kopf aus der Tür, ich bückte mich diesem Kopf entgegen, diesen Lippen von Strass – und selbst angesichts der ungewohnten Ordnung Ullas begriff ich, zwei Minuten später, meine undefinierbare Abneigung gegen die novafilm-Leute nicht mehr. Zum erstenmal trank ich von dem Interview-Wein. Als Kobler erschien, verblüffte ich ihn mit meiner guten Laune. Ah, sie taut auf, rief Ulla. Kobler blieb bekümmert. Auch Kobler tat mir jetzt leid. Weshalb war ich im Begriff, wie sie es nannten: aufzutauen? Was war mir Gutes passiert?

Mir kam eine Idee. Ich hielt Kobler ein größeres Geldstück hin. Ich tat verwirrt und blinzelte mit Ulla. Dann fragte ich, ob ich wohl schnell ein privateres Telefonat erledigen könne. Ein Ferngespräch, und mir ist auch gleich eine Stadt eingefallen. Während die beiden sofort einverstanden waren, mein Geldstück aber abwiesen, fuhr ich fort, auf die delikate Angelegenheit anzuspielen. In der Pension Fischbach mit ihrem familiären Charakter, den offenen Türen, der Stille, dort sei es nicht möglich, diesen Mann anzurufen, jemanden, den ich, der mich – ich saß ihren sachlichen Gesichtern gegenüber. Ulla sagte, sie werde bereits mit den beiden Setzerinnen anfangen. Mein Kopf war heiß vom Wein.

Sie ließen mich in Heidis Büro allein, schlossen die Tür, sie waren nicht neugierig auf meine Geheimnisse. Ich starrte das Telefon an, es stand zwischen Heidis aufgeräumtem Schreibkram. In diesem Augenblick wußte ich in keiner Stadt irgendwen, den ich jetzt hätte anrufen mögen. Strass war noch nicht im Hotel Schütz eingetroffen, abgesehen davon gab es diese Verabredung zwischen uns, wonach ich ihn nie anrief, wenn er unterwegs war. Höchstens, daß er hertelefonierte. Übrigens sind wir gehemmt am Telefon, wir hassen Gesprächspausen. Mein Ferngespräch müßte aber am Monatsende auf der novafilm-Rechnung erscheinen. Mit wem, mit wem. Mir fiel niemand ein, auch keine ehemalige Liebe irgendwo, keine Freundin, und deine Nummer, Ruthie, konnte mir selbst die beste Auskunft der Welt nicht geben. Ich kannte, als ich dort stand, nur eine Stadt, aus dreiunddreißigjähriger Erfahrung, nur ein Haus, in dem man bloß aus Bescheidenheit keinen Anruf von mir erwartete. Ich habe also endlich telefoniert, ja, mit zu Hause, mit den Eltern, nett. Unser Vater, Schwesterchen, er war vor Sanftheit kaum zu verstehen. Unsere Mutter kam herüber vom Abendessenstisch, wo sie, so sagte sie atemlos, für Manfred die Brote richte; Manfred selber weigerte sich, ans Telefon zu kommen, ich stellte mir vor, wie er sein Tablett wegtrug, um irgendwo ungestört in merkwürdigem Halbschlaf alles in sich hineinzuschlingen. Ja, es gehe ihnen ganz gut, der Ischias werde nicht bösartiger, allerdings habe man Tante Gustas wegen den Arzt zu Rate gezogen, und plötzlich wurde von einer Anstalt und der Unmöglichkeit weiteren Zusammenlebens, von schwerem Schicksal geredet. Das vernachlässigte Grab der Spanns – hatte ich also doch deines gesehen? Der Mutter übrigens sei Bettruhe angeordnet worden, sie richte sich aber nicht danach; er selber, der Vater, liege viel, denn die Zahnschmerzen träten immer im Zusammenhang mit Bewegung auf. Ob ich wieder anrufen könne?

Ich versprach, von nun an jeden Tag um diese Zeit mit ihnen zu telefonieren. Teuer, zu teuer. Das sei es mir wert. Ich nahm mir vor, ihm nächstens zu sagen, daß es selbstverständlich Tage geben könne ohne Anruf. Aber ich kannte meine Niedergeschlagenheit, das plötzliche Erschrecken, wenn ich an diesen Vorsatz dachte, in den Armen von Strass. Und den novafilm-Leuten zeigte ich ein trauriges Gesicht. O ja: eine große Liebe. Leider gegen die äußeren Umstände. Ulla schlang sogar ihren Arm um mich. Schnell etwas Wein. Unglückliche Liebe ist etwas Schreckliches, nicht wahr. Miranda saß auch da und reichte etwas Gebäck herüber. Strass! Eltern, ihr Guten, ich verrate euch in aller Liebe. Trinken Sie doch einen Schluck. Eine riesige langwierige vertrackte und außerdem große Liebe. Ich hinterlegte bei Kobler eine Pauschale, denn von nun an wollte ich dieser gewaltigen Liebe jeden Tag immer vor den Interviews ein Telefonat opfern. Auf Koblers Bürocouch saßen längst die beiden Schriftsetzerinnen. Damals kannte ich noch nicht den tröstlichen Ausflug mit Strass zum Schloß Eisern Hand, anläßlich einer Tagesdienstreise in die Umgebung. Damals hatte ich freibekommen. Wir haben zwei Stunden Zeit gehabt, aber weniger gebraucht, weil wir keinen Platz zum Aussteigen mehr fanden, nachdem der Esel uns in die Flucht schlug, Strass kam langsam hinter mir her, zwischen dem Tier und mir, ich ging sehr rasch und fürchtete mich vor dem trottenden Esel, der, wie Strass behauptete, nur gefüttert oder gestreichelt werden wollte, aber auch Strass hat ihn weder gefüttert noch gestreichelt.

Helga lag schräg gegen die von Koblers Hinterkopf markierte, mit einem Stück Bast bespannte Wand gelehnt. Sie wollte Schlagersängerin werden, gab als Hauptwunsch – die Frage nach dem Hauptwunsch war einer von Ullas Lieblingspunkten – den Erfolg als Sängerin an, als zweiten Wunsch einen bestimmten ausländischen Sportwagentyp, sie sprach den Namen falsch aus, ich habe noch nichts von Schloß Eisern Hand gewußt, nichts von der großen verkrüppelten Eiche, die mir Hin- und Rückweg bezeichnet hat, ich wußte nichts davon, während diese Helga uns hier etwas vorsang, ich genierte mich für sie, ich habe noch nicht das kleine Hotel Burgpost gekannt, mit seinem frischgestrichenen schwarzen Fachwerk; mein Aufenthalt dort mit Strass, der Esel, der uns verfolgt hat, wir wissen nicht in welcher Absicht, ich versuchte darüber zu streiten, um zu reden, Strass aber ist ein Nachgeber, um es still zu haben, ich wußte noch nichts davon, habe aber Augenblicke wie diese erhofft, während Helga jetzt behaglich verkündete, sie sei mit der Welt zufrieden; während später Inge, die ebenso sächsisch sprach, aber dünn und blond war, vernünftig erklärte, sie wolle demnächst einen Griechen heiraten. Immer wieder betonte sie, das sei unvernünftig. Ulla vermerkte auf ihrem Block: 348: Schnitt bis 457. Sie versuchte ständig, eine bestimmte Tendenz in die Äußerungen der Mädchen zu bekommen. Zu viel Normalität wurde korrigiert. Als unsere beiden Setzerinnen nun auch noch bekannten, sie seien Atheistinnen, war Ulla gleich sehr angetan.

Ich trank ab und zu von dem billigen Interview-Wein. Ulla füllte enthusiastisch das Band, die Mädchen mußten ihr immer wieder beteuern: Ja, kein Glaube, an nichts, Atheistin. Ulla bestand auf Begründungen, die Mädchen wußten jedoch nicht genau, weshalb sie an nichts oder an niemanden glaubten; es beunruhigte sie nicht, noch erhob es sie. Dem griechischen Ehemann zuliebe werde sie sogar unter Umständen ein bißchen Frömmigkeit mitmachen, sagte das Mädchen Inge, und Ulla überspielte das sofort mit Helgas gemütlichem Eingeständnis, das Leben sei zu schön, als daß sie an Sachen denken möge, die mit dem Tod zu tun haben. sie räkelte sich und lächelte erwartungsvoll. Diesen Text, rief Ulla, unterlegen wir als Kontrast einer Bildsequenz aus dem Hallenbad oder einer Tanzparty. Die Mädchen begriffen ihre Begeisterung nicht, taten aber höflich so. Ich habe den Waldweg am Forsthaus vorbei noch nicht gekannt, das unwiederbringliche Braun-Orange, die Blockhütte als Bahnstation mit der rostigen Aufschrift «Eisern Hand», ich wußte nichts von der Herde schwarzer Enten mit grünem zerrupftem Kopfgefieder, ich hatte noch nie die Bäuerin im blauen Kleid und mit hohen schlammverschmierten Stiefeln gesehen, ihre unterm anliegenden Kleid sich abzeichnende Masse auch nicht, dieses rüstige skrupellose Auf und Nieder, während die Stiefelsohlen das Kopfsteinpflaster im Innenhof behackten, ihren Ruf nach einem Herrn Prudella nie gehört, ich werde ihn nie wieder hören, außer in meinem Gedächtnis und wie lange da. Herr Prudella! Herr Prudella! Strass tut wenig, um diese Sache am Leben zu erhalten. Vor drei Schloßtüren wiesen Privat-Schilder uns ab, es war sehr kalt, wir hätten sehr gern das Schloß besichtigt. Ein Knecht schichtete Mist im Hof, zu dem der Zutritt aufs strengste untersagt war. Strass wird auch nie von selber an den plattgewalzten Frosch denken, der auf dem Weg zwischen Schloß und Parkplatz lag, Unterseite weißhäutig nach oben. Wenn ich ihn daran erinnere, gewiß, lächelt er; Bier in der Burgpost. Wir rätseln rum am unverständlichen Namen des Besitzers, ich bin es, die ihn noch wissen wird, ich verrate ihn nicht, damit wir länger daran herumraten können, so lang, bis Strass ermüden wird. Sein Kopfweh und der Fleck zwischen Zeigefinger und Daumen der rechten Hand, ich rede davon nicht, sondern etwas von dem Kind mit der Erbsenpistole, es schoß nach uns, worauf ich etwas Grobes über das Kind sagte in der Gewißheit, Strass werde es nicht billigen.

Strass. Zum Beispiel unser Handschuhkauf, ich erzählte dir von meiner Umkehr in der St.Gotthardus-Kirche, achthundertzwanzig bis zweiundzwanzig erbaut, karolingisch, jetzt bischöfliche Hauskirche; die kostete Eintritt, der Dom, siebzehnhundertvier bis zwölf, mit zwei fünfundsechzig Meter hohen Osttürmen und einer achtundfünfzig Meter hohen Kuppel von Dientzenhofer neu aufgeführt, war frei. Meine Füße wurden in der hellen Bonifatius-Gruft kalt; das war vor unserm Handschuhkauf, war lang vor dem orangebraunen Eisern-Hand-Nachmittag, Strass, kinderfreundlicher Strass, plötzlich war ich versessen darauf, mit dir zu streiten, dies Kind als Anlaß, Strass hör mich, versessen darauf, mit dir meinen alten Kampf auszutragen und also dieses Kind zwischen den Holzschuppen zu verhöhnen. Ob ich es tat, um deiner Kinder wegen dich zu verhöhnen? Das Kind ging dann weg, es ließ seine Erbsenpistole hängen, und du, Strass, hast wenig zu meinem Streit beigetragen, hast nur geduldig abgewartet und bist mit mir weitergegangen, ohne dich dorthin umzusehen, wo das Kind zwischen den Schuppen verschwunden war.

Das dicke Mädchen erzählte jetzt unglaubwürdig von Hungerjahren. Nur mit Limonade habe es sich durchgebracht, dazu etwas Salzgebäck, um Geld für die Gesangsausbildung zu sparen. Die Eltern der beiden Mädchen lebten jenseits einer Grenze in einem miesen Land, dessen miese Verhältnisse, wie sie sagten, die Töchter zum Weggehen bewogen hatten. Sie haßten es, mies zu leben.

Strass stellte seinen R 8 in die Hotel-Schütz-Garage ein. Er bevorzugt das Hotel Schütz der Garagen wegen. Er war ein wenig erschöpft, er hatte etwas Kopfweh, von der Erkältung blieb eine noch unangenehmere Reizbarkeit des linken oder rechten Rachenseitenstrangs zurück, das fängt nun an, chronisch zu werden, die Seitenstränge infizieren sich gegenseitig immer wieder kurz vor ihrer Heilung. Bevor er seinen Koffer, die Mappe, die Handschuhe, den Schal, den Regenmantel – er hat ihn während der Fahrt auf einem Parkstreifen ausgezogen und auf den Rücksitz geworfen – die Muster, die Lagerbuchhaltungskarteikarten, die Rabattkarteikarten, die Kontenblätter, den Hotel- und Gaststättenführer zusammensucht, um zu entscheiden, was er in sein Zimmer nehmen soll, sprüht er sich aus einer Plastikflasche, von der Farbe des Schals etwa, eine entzündungsdämpfende Flüssigkeit in den Rachen. Die Garage ist dunkel und kalt und erfüllt vom Benzingeruch und dem Auspuffqualm des R 8. Strass geht es zur Zeit nicht gut. So wenig wie jetzt seinen schlechten Zustand wird er auch, viel später, sein Wohlbefinden zur Kenntnis nehmen, während ich es natürlich übertreibe; die zwei Stunden mit ihren zehn oder fünfzehn überflüssigen Minuten auf dem Hügel von Schloß Eisern Hand, Stammsitz der Freiherren Lebesel, deren Wappentier uns nachtrottete, seine Gangart der unsern anpassend, das heißt: meiner schnelleren – aber das alles kam später, mindestens drei Wochen nach jenem Tag, da ich mit den Setzerinnen, mit Ulla und Kobler im Studio saß, zu viel Wein trank und nun Ullas Standardfrage nach dem Traumkleid der Mädchen anhörte.

Ulla war bei der Aufstellung unserer Fragen von der Annahme ausgegangen, jedes Mädchen träume von einem Kleid. Alle konnten derartige Phantasiegebilde ausführlich beschreiben, Farbe, Material, Abnäher, Biesen, Säume, Nähte angeben und schließlich auch die Gelegenheit, bei der sie im Wunschkostüm auftreten wollten. Ulla drückte zahllose Male die Schnellstoptaste, um immer wieder selber zu reden. Ihr Traumkleid kannte ich längst auswendig. Es gefiel mir nicht. Gelb, das ich ohnehin nicht mag; aber daran lag es nicht. Kobler betrachtete jetzt mit Feinschmeckerausdruck, obwohl die Blonde ihm besser gefiel und seiner wohl schwäbischen Nüchternheit entsprach, die Dickliche, sie begann auf den Wein zu reagieren. Sie spreizte die Finger beider Hände, wippte mit den Beinen, die das Selbständige von Schneckenkörpern hatten, verlor einen Schuh, es machte ihr nichts, ihr Strumpf war fleckig über den Zehen. Kobler hielt ihren Schuh. Sie erklärte sich nun auf Ullas Drängen hin durchaus bereit, schließlich auch einen Neger zu heiraten, falls sie einen Neger liebe, warum nicht, ich bin nicht so, Liebe ist doch entscheidend. Kobler legte den Schuh weg. Sie war wirklich fast betrunken, als wir die letzte Frage ankreuzten: Kinder? O ja, auch, natürlich, nicht zu viele, zwei am besten, um sie materiell aufs schönste versorgen zu können – da fiel ihr die Sehnsucht ein, Sängerin zu werden, und sie verzichtete auf die Kinder, während Kobler beschloß, die Blonde zuerst nach Haus zu bringen, obwohl die Wohnung des dicklichen Wesens auf dem Weg lag.

Nachdem Kobler mit leicht vernebeltem Ausdruck hinter beiden Mädchen und sich selber die Studiotür zugeschlagen hatte, als sie endlich weg waren, trank ich mit Ulla weiter Wein, auf einmal darauf bedacht, ihr Eindruck zu machen. Ich bat sie sogar, mir einen der Filme zu zeigen, bei denen sie als Cutterin mitgewirkt hatte und deren Kopien im Schneideraum aufgehoben wurden. Ich selber hatte mir Ullas Gesellschaft verordnet. Ich zeigte ihr den Zettel «Ich bin ein Idiot und bleibe einer», den Strass nach unserer ersten Nacht geschrieben hatte. Sie führte mir den von ihr geschnittenen Film «Panik» vor. Als Kobler zurückkam und sich geringschätzig über die Dicke äußerte, zeigte Ulla den Film «Panik» noch ein zweites Mal. Ich habe in der darauffolgenden Nacht fast überhaupt nicht schlafen können, Wein, Film «Panik», Ullas Eifer, ihre Stimme, alles folterte mich in langen Wachträumen.

Am nächsten Vormittag saß ich schon um acht Uhr dreißig vor dem Tonbandgerät; bei Mirandas Auftauchen war ich bereits beim dritten Band; als später, gegen elf, Filip Dasch kam, gar beim fünften. Aber ich haßte sämtliche Geräusche, die das Tonband mir vermittelte und an denen ich mich beteiligt hatte. Ich hörte meine eigene, vom Wein erregte Stimme. Die Seufzerei von Ulla. Die Mädchen waren, in ihrer Einfalt, das noch Erträglichste. Der Unfug mit dem Traumkleid. Die Dicke ließ ihren Schuh fallen. Wir glauben an nichts, ich hätte gern zwei Kinder, die Liebe ist entscheidend, einen Neger ja, warum nicht, mein Ausschnitt ist oval, ich habe von nichts als Limonade gelebt.

Ulla, um zwölf Uhr fünfzehn, war wütend über meinen Fleiß. Sie drängte mich an meinen Platz, schaltete sich ein, überprüfte meine Auswahl, meine Schneidevorschläge, erwog dies, gab das zu bedenken – ich hörte auf, spielte Unlust. Bereits fünf Minuten später ruhte die Arbeit. Es gelang mir nicht, mich auf Ullas Art einzustellen.

Wieso denn nicht, fragte Strass. Mit seiner diesmal besonders leisen, überaus vorsichtigen Stimme, mit der Leute wie ich an Übertreibungen gemahnt werden sollen. Wir saßen im Hotel Burgpost, wenige Meter außerhalb der Burgmauer, die das Schloß Eisern Hand umspannt mit Bruchstein und rötlichen Sandsteinbrocken. Bier ohne Schaum und der schwer auszusprechende Name des Eigentümers der Burgpost. Ich kann sie nicht leiden, sagte ich. Warum denn, fragte Strass nicht neugierig, schon wieder mit leichtem, doch nennenswertem Kopfweh, noch immer ein Opfer der hartnäckigen Rachenentzündung, Bier war mild genug für seinen Rachen, er bestellte noch zwei Gläser, obwohl dieses Bier nicht ganz nach unserem Geschmack war, wir sahen den Esel, den

Lebesel, wie er zwischen den armseligen Strünken weidete. Wir wußten aber noch nicht, daß er uns bald verfolgen werde in seiner seltsamen, wenigstens uns nicht begreiflichen Beharrlichkeit. Ich dachte im Unterschied zu Strass nicht über Kalkulationsprobleme nach und über den neuralgischen Punkt der Firma, die er nach unserm Ausflug nochmals besuchen werde, über die veraltete Fakturiermaschine, die sich, wie er sagte, als Engpaß, als Flaschenhals erwies, jedenfalls eine Maschine, mit der ein mir noch nicht bekanntes Fräulein Maltan nicht mehr fertig wurde, mit der sie beim Rechnungenschreiben zu langsam vom Fleck kam, ich dachte daran nicht. Die Eiche vom Hinweg war jetzt die Rückweg-Eiche. Daran dachte ich. Und ich zwang mich, nichts zu bedauern, so lang es in Gang war.

Während Strass seinen Frühabendbesuch bei der EFH-Vertragsfirma machte – die Buchhaltung bedurfte einer Überprüfung, zweifellos lächelte Strass und redete sehr leise mit dem Fräulein Maltan, sie verstand ihn – habe ich in der St.-Michaelis-Kirche gewartet. Ich trat ein durch das Spätrenaissance-Portal, ich stand unter dem gotischen Langhaus, dessen Barock- und Rokoko-Innengestaltung den gotischen Eindruck stört, Strass sah fast so aus, als wolle er Fräulein Maltan streicheln, Fräulein Maltan hatte seit fünfeinhalb Wochen auf diesen Augenblick gewartet, das, wie ich vermutete schattige Büro, Strass im staubigen Lichtkegel, auf dem Hochaltar stand das als Gnadenbild verehrte, von einem unbekannten italienischen Meister des frühen dreizehnten Jahrhunderts stammende «Biedener Kreuz», Strass hätte jetzt gut seine angenehme rechte Hand auf Fräulein Maltans Hand legen können, denn ihre Hand wartete auf der Schreibmaschine. Sie betrachteten, Kopf an Kopf, Abrechnungen, am Choreingang saß die Mutter Gottes unbewaffnet in der Umzingelung von Blumen und brennenden Kerzen. Betete ich? Wofür? Für meine Eltern? Strass sagte fast unverstehbar leise: Personelle Dinge sind da beinah am wichtigsten – sind ja mit am wichtigsten, Strass sagt häufig «mit» statt «beinah» oder «fast».

Das Schnitzwerk aus dem Jahr fünfzehnhundertsechsundzwanzig und dieses Gebet, worin auch Strass vorkam, auch du, Ruthie, Manfred, die Tanten, Bruder Reinhard zuerst ohne Familie, dann mit Familie, und natürlich ich – Gebet also, oder das, was sich bei mir Gebet nennt – denn wer immer im Mittelpunkt steht, das bin schließlich dann doch ich. Aber ich nannte es Gebet, die Kirche war nicht zu kalt, der Mann hinter meiner Schulter hatte aufgehört, sie mir zu erklären, ich saß allein, betete nun nicht mehr, wollte es noch, und Strass sagte, in seinem hirschbraunen Regenmantel auf der Tischkante sitzend, schwer, erschöpft, liebenswürdig: Junge Damen zum Schreiben sind besonders knapp. Fräulein Maltan, die Strass Rotwein anbot, fragte mit einer nur für Strass hörbaren Stimme, weil sie allen andern Leuten gegenüber ganz anders klingt: Ist das bei andern Betrieben auch so?

Ich habe die St.-Michaelis-Kirche verlassen. Ich ging sehr rasch drei, vier Straßen weg, vom Spätrenaissance-Portal einfach weg, ohne auf die Richtung zu achten. Strass trank aus Höflichkeit einen Schluck Rotwein. Wir wollen uns am Spätrenaissance-Portal treffen. Ich trat durch die Ladentür des Spirituosengeschäfts und kaufte eine 0,5-Flasche Korn. Bezahlen, hinausgehen, rasch zurück, aber nicht zur St.-Michaelis-Kirche, sondern in eine an dieser Vorstadtstraße stehende Kirche, deren Namen ich nicht kannte, ich trat ein, auf der Straße konnte ich ja doch nicht gut bleiben. Es war eine aufgeräumte kleine Stadt, ich fand auch keinen Park hier, kein Gebüsch, hier konnte man nichts geheimhalten, kein verweintes Gesicht, die Leute sahen aus, als fielen sie jeden an, der weinte. Aber auch diese öde Kirche war mir katholisch genug.

Ich fand mich sofort in einem Seitenkapellchen zurecht, dort war es schattig und muffig, ich nahm den ersten Schluck, jetzt erschiene bald Strass, pünktlich wie immer, drüben am Portal, eben ordnete er seinen weinroten Schal, Fräulein Maltan entfernte ein Haar, das sie auf dem Regenmantel entdeckt hatte und das ihr dazu verhalf, Strass anzufassen. Ich ging in der Kirche herum, ab und zu trinkend. Strass kränkte diesmal Fräulein Maltan und nahm keinen Rotwein mehr an. Sie redeten beide leise, auch Fräulein Maltan hat eine leise Stimme: Gurgeln Sie doch mit Salbeitee. Strass nahm wieder ein schmerzstillendes Mittel und sah auf die Uhr und dachte an das Spätrenaissance-Portal. Kopfweh hatte er wahrscheinlich jetzt auch. In dieser Kirche wollte ich weinen. Ich dachte an die Särge auf dem Friedhof der Kreisstadt, an das Grab Ludwig mit der Horn-Landschaft. Ich hatte fest vor zu weinen und trank wieder etwas Korn. Ob ich auch vorhatte, Strass gar nicht mehr zu treffen, machte ich mir nicht klar. Kamillentee ist auch gut, Sie dürfen es nicht anstehen lassen; die kurze Strecke bis hin zu Strass, ihr Gesicht an seins. Bettruhe, Schwitzpackungen, Inhalationskuren, Trinkkuren.

Ich lief immer wieder die gleichen Wege zwischen Beichtstühlen und Bankreihen auf und ab, vorbei an unverständlichen Siebensachen, als Gast unter Geheimnissen und Bedeutungen, ich wußte nichts davon, ich konnte herumstreifen, es schwieg sich aus, war beredt – Gurgeln mit Öl, lassen Sie es nicht anstehen, und Kopfdämpfe mit Kamillentee, Einträufeln von mildem Nasenöl und wie gesagt: Salbei. Ich kam mir ungerecht behandelt vor, es war keiner da für mich. Ich fand in dieser Kirche zum erstenmal in meinem Leben den Gedanken an Sterben nicht so übel. Dies Stumme würde sich zu erkennen geben, wenn ich hier erst tot vor einem der Altäre läge. Jemand käme dann, um sich mit mir zu befassen. Mein Fall würde beratschlagt.

Sie verabschiedeten sich mit zweifellos wiederum leisem Wortwechsel. Dies Rechnungschreiben auf dem antiken Flaschenhals wird aufhören. Und lassen Sie es bloß nicht anstehen. Ihr glattes braunes spiegelndes Haar fand er jetzt schön. Es hat nur mit Schönheitssinn zu tun, es ist ein gewisser Reiz, es reizt doch, etwas sehr Glattes, Spiegelndes, vielleicht Glitschiges anzufassen, um es kennenzulernen, die gewölbte Masse braunen Haars auf Fräulein Maltans Hinterkopf, es reizt die oval zulaufenden geraden Finger der rechten Hand von Strass – auch wenn sie es gar nicht getan haben. Ich habe mich an die Wand gelehnt. Sie war kalt, in ihrem grauen Rauhputz glich sie einer Außenwand. Strass näherte sich jetzt vermutlich dem Spätrenaissance-Portal. Er war müde.

Auf dem einen der Fenster über mir prangte ein riesiger blauer Anker wie das Kennzeichen einer Schiffahrtslinie, aber wahrscheinlich hieß das: Gott ist dein Anker. Unter dem Anker eine steife, schlechtgemalte Brandung. Fräulein Maltan stand vor dem Spiegel ihres wieder sehr stillen Büros. Die Wellen auf dem Fenster sollten wohl ein Symbol für unsere irdischen Qualen sein, oder nicht? Ruthie, Ruthie, es war beruhigend, daß ich den ganzen heuchlerischen Sinn nicht genau kannte und daß er doch mir galt, auch mir, dir, du weißt schon, und vielleicht ist unsere Erziehung daran schuld, daß wir so gern Kummer in Kirchen haben. Dann das Fenster mit den Flammen, drei im Hochschlagen erstarrte Zungen wie auf einem Werbeplakat für Feuerversicherungen. Fräulein Maltan hat etwas Bräunliches angehabt, mit schalartigem Gebilde, so daß Strass sich kein genaues Bild von Fräulein Maltans Figur machen konnte, er konnte jetzt das Spätrenaissance-Portal schon am Ende der Michaelisstraße sehen. Schlank hätte gepaßt. Es war aber nicht erwiesen.

Ich fand die Taufkapelle, sie war ein graues, kühles Sechseck mit Oberlicht aus einem blauen Fenster. Die gehämmerte Taufschale auf dem Steinpfosten wirkte wie ein Schlachtopfertisch, rundum die Rinne fürs Blut. Da trank ich den Korn aus, ich hockte mich hin, ich saß auf dem kalten Fliesenboden und hatte keine Sterbemittel außer dem Korn, aber der würgte mich wieder und jetzt immer stärker. Wenn man bedenkt, wie trinkfest wir beide früher waren, der Korn wollte mir nicht schaden und kam einfach hoch, meine Liebe, genau das, in der Taufkapelle, ich mußte mich übergeben, ein schlechtes Sterbemittel, während Strass etwas nervös mit Schluckbeschwerden und Fremdkörpergefühl und ohne über Fräulein Maltans Figur genau Bescheid zu wissen seine Uhr mit der Kirchturmsuhr verglich, kurz bevor er um die Kirche herumging in der Erwartung, mich vor einem andern Portal zu finden, obgleich er sicher war, daß wir Spätrenaissance-Portal, achtzehn Uhr ausgemacht hatten, ich hing immer noch über der komischen Rinne rund um den Taufpfosten, die wie ein leeres Aquarium aussah. Manfreds brave, müde Kampffische fielen mir ein und das, was ich Strass von ihnen erzählt hatte. Strass wollte immer wieder Geschichten über die Kampffische hören. Ich ging in der leeren Kirche herum und kroch in die Beichtnischen, aber ich konnte nirgendwo einen Pfarrer finden.

Strass kehrte ans Spätrenaissance-Portal zurück, sein Gesicht war besorgt, er hatte nur einen Handschuh an, über der rechten Hand, um die nicht mehr entzündete, aber merkwürdig verfärbte Stelle zwischen Zeigefinger und Daumen zu schonen, einen der blaugrauen Handschuhe, die im Ladeninnern als schwarz verkauft worden waren und mit denen wir uns begnügt hatten. Strass hatte vielleicht Fieber, er hatte vielleicht das Haar von Fräulein Maltan anfassen wollen, jetzt kämmte sie es lustlos in ihrem für Wochen verödeten Büro, jetzt hatte ich endlich eine Sünde begangen, zu der ich mich bekennen wollte, Kirchenschändung wahrscheinlich, vielleicht hatte Fräulein Maltan nichts Bräunliches an und auch nichts, was Strass im unklaren über ihre Figur ließ. Ich war reif für einen Pfarrer oder sonst jemand, von dem ich mich gern hätte finden, zurechtweisen lassen.

Das war schon eine regelrechte Pharyngitis, was Strass plagte. Er kam nicht auf die Idee, in die Kirche einzutreten, um wenigstens Windschutz zu haben, solang er auf mich warten mußte. Er geht nicht so gern in Kirchen. Es ist ihm soviel ich weiß etwas unbehaglich, auch langweilig. Ich wartete noch eine Zeitlang auf einer Bank, ich war verärgert, jetzt ohne Mut – Mumm würde Strass, obwohl das Wort nicht zu ihm paßt, leise sagen: ohne Mumm, und das quälte mich und ich raffte mich nochmals auf und stahl einen ganzen Stoß leerer Briefumschläge, die für Spenden gegen Hunger und Krankheit in der Welt gedacht waren – ich habe später Briefe an die Eltern in sie geschoben.

Nein, ich hatte keinen Plan.

Denke nicht, Strass sei mir böse gewesen, als ich zu spät kam. Ich bin viel zu spät, sagte ich. Er lächelte zerstreut und versuchte, seinen Hals durch Husten freizumachen. Noch immer wußte ich nicht, was mit seinem Kehlkopf nicht stimmte. Ich hauchte ihn an. Riechst du nichts? Ich rieche nach Schnaps. Er hörte zu husten auf, das wenigstens, er betrachtete mich aufmerksam, etwas verwundert, er hatte den Ausdruck von Neugierde und unterdrücktem Lachreiz, mit dem er mir bei Geschichten über Manfreds Kampffische zuhört. Das Wenden der Fische. Zuweilen spreizen sie die Flossen, starren einander verdrossen an, Manfred ruft uns, wir schauen zu ihnen hinunter, aber sie beißen sich wieder nicht, schwimmen geziert aneinander vorbei, sie verändern keine Farbe, keine Schuppe leuchtet auf ihnen, sie bleiben rostrote gemütliche alte Männer, deren stirnlose Köpfe aneinander vorbeisteuern – ich stand in Manfreds wegen der Vögel hellbeleuchtetem Zimmer, in dem Zimmer wuchs er auf, er verließ es nie, auch nicht beispielsweise an einem Herbstnachmittag, es roch wie immer nach den Vögeln, nach Weichfutter für die Shamadrossel, nach Schweiß, nach Fischwasser. Aber die Fische haben mich schließlich das Geld für Männchen gekostet, sagte Manfred. Ich will, sagte Manfred. Ich unterbrach gleich: In English! entsetzt über meine Unbeherrschtheit – I want to! Asiatische Hühnerrassen, sagte Manfred, um seinen Satz zu Ende zu bringen. Die Fische hatten sich mit ihren Kehlenflossen umschlungen und trieben ruhig miteinander durch die Schaumnester dicht unter der Wasseroberfläche. Die Schwanzbüsche mit hellblauen Innenfahnen taten sich auf wie Gefieder. They are the expensive ones, sagte Manfred, die malaiischen, with the better Kampffarben. Du weißt, Ruthie, daß ich mit Manfred ganz nett Englisch treibe.

Sie zieren sich, sie denken nicht dran, sich zu beißen, sagte Strass, er lächelte mit zärtlichem und erschrockenem Ausdruck, he, ich rieche nach Schnaps und komme mehr als eine halbe Stunde zu spät. Strass sah mich nur an. Gehen wir in diese Kirche, sagte ich und zog ihn hinter die Tür.

Ich erzählte ihm draußen meine Kirchenschändung, womit ich den neugierigen, angeregten Ausdruck auf seinem Gesicht wahrscheinlich ausgelöscht habe. Es war zu dunkel, aber ich nehme es an, denn er hat mich nicht weiter ausgefragt, vielleicht auch abgelenkt durch entzündete Schleimhaut der Gaumenbögen und Fremdkörpergefühl. Er hüstelte wieder.

Die Beschwerden des sogenannten trockenen Katarrhs, zum Beispiel Fremdkörpergefühl im Hals, Schluckbeschwerden, Reizhusten, bessern sich beim Schlucken von Flüssigkeit. Wir tranken Bier. Vermeiden von Schädlichem: Rauch im Lokal, wir verließen es, auf der Flucht wie vorher im Schloß Eisern Hand, als der Esel hinter uns her war. Während der Rückfahrt war mir schlecht. Strass schwieg, falls Räuspern auch Schweigen ist, die bekannte Niedergeschlagenheit der Abende, an denen ich mein Telefonat mit zu Hause versäume, befiel mich selbstverständlich. Ich werde nicht mehr lang bleiben, sagte ich. Wo? fragte Strass. Hier, sagte ich. Ich auch nicht, sagte Strass, denn wie du vielleicht bemerken wirst, fahren wir weiter.

Ich werde nicht bleiben. Bei den novafilm-Leuten, in der Pension Fischbach, bei Strass. Wir kauften an einem Stand polnische Würste und Brötchen. Gute-Nacht-Sagen vor der Fischbach-Pension. Plötzlich die Hand von Strass in meinem Nacken, als ich mich schon zur Haustür gewandt hatte. Wieso willst du wissen, warum gerade er es ist. Er hat Verwandte in Renfrew, sonst aber mit Schottland nichts zu tun. An dem Abend, in der Nacht, morgens bei Ritters – ich fange es anders an. Ich betrat den leergeräumten Salon der Ritters. Ich war dort noch allein. Stühle und ein paar Sessel standen längs der Fensterwand. Der Salon war kahl ohne Teppich, ein Salon zum Tanzen. Ich überquerte die Tanzfläche, dieses rombenförmige Parkett, und sah im Vorübergehen in das benachbarte Eßzimmer, wo am Tisch zwischen einem meiner Bekannten und einer mir unbekannten Frau eingekeilt Strass saß. Zufällig hat er im Augenblick meines flüchtigen Hineinblickens den Kopf gehoben, genau in meine Richtung, woran nichts Besonderes ist, man könnte sagen: unsere Blicke trafen sich, was blieb ihnen übrig; nur dadurch bekam das Ganze etwas Bedeutung, daß Strass dabei die Augenbrauen hochzog, wie jemand, der betroffen ist. Wir waren ungefähr eine halbe Stunde vorher einander von Alma Ritter vorgestellt worden. So einfach hatte unsere Geschichte angefangen.

Aber das nur nebenbei. Strass und ich waren also zurück. Wieder die novafilm. Ulla verhörte heute ein Interview-Mädchen namens Lydia im Studio, Verkäuferin in einem Sportgeschäft, die wieder und wieder beteuerte, wie richtig es sei, daß sie Schluß gemacht habe, Schluß mit ihrer Liebe zu einem verheirateten Mann. Ulla vermerkte Schnitte auf dem Block. Sie haßte solche Ansichten. Lydia bekannte auf die Frage nach der Wehrpflicht, sie sei dafür, die Wehrpflicht bekomme jungen Leuten gut. Ihre weiche Stimme sprach gedehnt Wörter wie Härte und Mutprobe. Ulla drängte das zweite Mädchen, eine Schauspielschülerin, in die Gegenposition. Sie tranken beide zu wenig Wein. Die Schauspielschülerin war unansehnlich, sie käme vielleicht einmal fürs Charakterfach in Frage.

Ich ging zwischendurch zum Telefon. Strass war schon seit zwei Stunden an seinem Schreibtisch, augenblicklich allein im Glaskasten, mein Anruf störte nicht besonders. Was geschieht jetzt? – Wie? sagte Strass. Er mußte jemanden vertreten, der krank war. Nach der Formel Reingewinn = R mal 100 : Umsatz berechnete er die Rentabilität eines Vertragsbetriebs, den er bereits bei innerbetrieblichen Organisationsfragen beraten hatte. Ich kehrte zurück ins Studio. Ulla hatte die Schauspielschülerin so weit, daß sie trank. Mein Hauptwunsch, rief sie und hielt sich das glühende runde Gesicht links und rechts vor den violetten Ohren fest. Anmut! Liebe Freunde! Eine Rose! Beschwingtheit! Lydia sah unparteiisch, aber ohne Freude zu, sie wünschte sich einen vernünftigen treuen Mann, später, nach mehreren Reisen mit diesem Mann, zwei Kinder, ein Junge, ein Mädchen – nein, sie sagte Mädel.

Was soll jetzt geschehn, fragte ich Strass beim Essen in der Cabane. Hier war es natürlich zu rauchig und wir sind wieder gegangen. Was soll ich nach dieser Arbeit tun, hier in dieser Stadt? Strass nannte das Datum seiner nächsten Dienstreise. Diesmal dauerte sie vierzehn Tage. Ich sah ihn abfahren. Der R 8 wie üblich vollgepackt, Lagerbuchhaltungskarteikarten, Kontenblätter, Rabattkarteikarten, Muster, sonstiges, auch noch Rentabilitätsberechnungen mehrerer Betriebe für Vergleichberechnungen. Strass sagte Rendite statt Rentabilität. Er sah dicklich aus in seinem gefütterten Regenmantel, er machte eine Stipvisite bei einem Betrieb, dessen veraltete Fakturiermaschine von Fräulein Maltan bedient wurde, auch stand ihm der unerquickliche Besuch bei der Vertragsfirma bevor, deren Inhaber das eigene Geschäft Strass gegenüber als Sauladen bezeichnet hatte. Diese Firma stand seit Jahr und Tag in einer gewissen Spannung zur EFH. Strass hatte während unseres Aufenthalts in jener Kreisstadt in Zimmer neun des Hotels Wachtturm einen negativen Bericht darüber geschrieben und bald sähe er jetzt den erbosten Inhaber wieder, auch den anderen biederen, etwas halsstarrigen und schließlich gebeugten Inhaber, dessen Schwiegersohn aufbegehrte. Er tränke unerwünschte unbekömmliche Kognaks, die seit der Pharyngitis zusätzlichen Schaden anrichten würden, er nahm auf diese Reise ein Medikament gegen die verfärbte Stelle zwischen Daumen und Zeigefinger der rechten Hand mit, ein Teerpräparat, das er abends auftrug und morgens mit alkoholgesättigtem Wattebausch entfernen mußte. Der weinrote Schal lag aber nicht auf dem Rücksitzpolster.

Ich fragte Strass nach dem Schal, den auch Fräulein Maltan vermissen würde. Er kramte im R 8 und fand ihn nicht. Die Diabetiker-Diät in der Kantine war an diesem Tag nicht reichlich gewesen, außerdem zu spät an seinem Tisch, den er ausnahmsweise mit dem Abteilungs-Chefvertreter und einer der hübscheren weiblichen Schreibkräfte teilte, eingetroffen, so daß er sich hatte eilen müssen, er hatte sogar den Nachtisch, mit Sionon gesüßten Mandelpudding, nicht abgewartet, daher schien es möglich, daß er den Schal – Ich sagte, du steckst den Schal doch immer in einen Mantelärmel.

Ich rannte die Treppen hinauf ins Studio. Ich wechselte die Tonbänder. Beim vierten Band funktionierte die Wiedergabe-Taste nicht, ich mußte aufhören. Immerhin entkam ich dadurch der Stimme Ullas, ihrem Gerede über Partner, Freiheit, Traumkleider, ihren nervösen Anfängen: Also ich zum Beispiel – bei mir ist es so, daß – Kobler schaltete sich meistens ein mit betulich schwäbischem Erinnern an den Partner: Und wär's denn nicht hübsch, wenn jetzt ein Partner dabei wäre – wobei er auch sich selber für einen derartigen beglückenden Partner hielt, zur Zeit in Ullas Diensten.

Wir geben ein Fest für Sie, rief Ulla. Haben Sie Sonntag Zeit, fragte Kobler; Ulla sagte: Sagen Sie bloß nicht nein. Wieso für mich, was ist los? fragte ich. Wie sie sich verstellt, die Heuchlerin, sagte Ulla begeistert. Ich wüßte nicht, was zu feiern wäre, sagte ich langsam. Wir werden's ihr dann schon verraten, wenn sie es uns nicht verraten will. Die beiden lachten miteinander, zogen auch noch Filip Dasch hinein, der gähnte zwar, teilte aber auf seine Weise die Lustigkeit der andern zwei. Es wird jemand da sein vom Gericht, ein junger Assessor – nun? Ullas Gesicht war mir nah. Wie? noch immer kein Geständnis? Ihre großporige Mestizenhaut. Ihre in dunklere Haut gebetteten Augen. Auf jeden Fall wird bei unserer Mutter gefrühstückt. Ullas großer blaßvioletter Mund.

Ich fuhr mit Filip Dasch im Lieferwagen durch die sonntäglich leere Stadt. Es war gegen elf. Kurz vorher am Telefon hatte ich Strass schlecht verstanden. Das lag nicht an der weiten Entfernung zur Stadt, in der er sich zur Zeit aufhielt, in der er den Sonntag totschlagen mußte, sie war zu weit entfernt, als daß es sich gelohnt hätte, am Freitag die Dienstreise zu unterbrechen, es lag vielmehr an der besonders leisen Stimme von Strass, der ich mit vielen Ja und Mhhmm und Schön, Gut, Aber antwortete, ohne in jedem Fall zu wissen worauf. Dasch fuhr am Hauptbahnhof vor und kaufte eine Tierzeitschrift für Ullas Mutter. Ich gratuliere übrigens auch, sagte er zu mir kurz vor dem Aussteigen.

Kobler, Ulla und die Mutter wohnten in einem großen neuen Block. Wozu denn – wollte ich fragen. Dann aber lachte ich nur. Herzlichen Glückwunsch, wiederholte Dasch im Lift. Er sah an mir vorbei. Danke, sagte ich.

Strass hat unter anderm heute morgen gesagt: Es kommt vor allem auf die einheitliche Berechnung an. Was ich auch noch wußte: er hatte nicht gut geschlafen. Die häufigsten Vokabeln in diesem Zusammenhang: allein – nicht gut – so allein – schlafen – nicht – allein. Was ich nicht verstand, reimte ich mir zusammen. Das Hotel hieß Parkhof und war Mittelklasse, nach dem EFH-Prinzip Übernachtung nach Aufwand. Weil aber Strass mit dem R 8 fährt, jedoch die Kosten für die Bahnreise Erster Klasse erstattet bekommt, behält er jedesmal und besonders bei größeren Reisen einen Überschuß.

In der gemeinsamen Wohnung, die Ullas Mutter, ohne Schwiegermutter zu sein, mit dem Paar, das kein Ehepaar war, teilte, wo sie putzte, kochte, aufräumte, hingen und standen religiöse Embleme herum, wohin ich sah. Es war aber niemand gläubig, sie versicherten es mir. Sieht es nicht originell aus, rief Ulla, die mich von Stück zu Stück drängte. Wenn es Parkhof heißt, kann man dort sicher gut parkieren, hatte ich unter Lachen gesagt. Ich verstand die Antwort von Strass nicht. Auch ich gratuliere, sagte Ullas Mutter mit niederbayrischem Zungen-R. Sie war eine kleine, hüftgelenklahme Frau; an einem knüppelartigen Stock konnte sie indessen noch herumhinken. Kobler und Ulla betrachteten mich erwartungsvoll. Sie tut so, als wüßte sie von nichts, sagte Ulla zu ihrer Mutter. Warten Sie nur, bis Herr Fillsack kommt, sagte die Mutter. Sie drohte mir mit dem Rübezahlstock, auf den sie sich, um nicht zu fallen, sofort wieder stemmen mußte. Tut es denn immer noch so weh, rief ich ins Telefon. Der Hals? Er ist trocken. Strass gab kaum Auskünfte, oder sie waren zu leise. Das ist aber wirklich schön für Sie, ein Segen, sagte Ullas Mutter und trank mir zu. Magenbitter zum Anwärmen, hieß es. Hah, sie will's nicht wahrhaben, sagte Ulla. Kommen Sie her, Sie werden sich in unsere Bauernmöbel verlieben. Ich starrte das verzierte Doppelbett an, in dem Kobler zugelassen war. Aber das muß doch mal besser werden, rief ich am Telefon. Lassen Sie's bloß nicht anstehen, hat Fräulein Maltan wahrscheinlich wieder gesagt, diesmal vormittags, während der Chef anwesend war. Filip Dasch lag auf dem Doppelbett, die Glieder von sich gestreckt, die Lider geschlossen. Ich mußte an Strass denken. Vor gekalkten Wänden zwischen abstrakter Kunst machen die Alraunen sich besonders gut, oder finden Sie etwa nicht? Und dies hier, das ist kein Repro, Ulla hat es selbst gemalt! Er lag wie ein Toter auf dem Bett, ich dachte an die Müdigkeit von Strass und an sein Talent zu ähnlicher Totenstarre, es ärgerte mich, daß ich daran denken mußte, ich wandte den Blick ab von Dasch, den ich nur ungern in einem Zusammenhang mit Strass sah.

Herr Fillsack, ein verschwitzter junger Mann mit senffarbenem Haar, mit Hornrandbrille und Akademikermanieren, jetzt lärmend eingetroffen und lärmend begrüßt, stand neben mir, streichelte eine Alraune, hatte mir sofort gratuliert und setzte hinzu: Sie haben großes Glück gehabt. Der Zerrüttungsgrundsatz gilt ja bei uns nicht mehr. Das Gesetz folgt dem Verschuldungsgrundsatz, ebenso im wesentlichen das alte Kontrollrats-Gesetz – Ruhe! rief Ulla entzückt. Eben sind wir noch bei der Wohnung. Nochmals, sagte Fillsack, man kann nur gratulieren. Ich nahm mir vor, endlich entschieden zu fragen, was sie denn eigentlich wollten. Unaufhörlich hatte ich Ullas schauen Sie schauen Sie im Ohr. Sie deutete auf die Heiligenbildchen, die Ornamente alter Palais aus den Trümmern der bombardierten Residenzstadt – Eine wahre Fundgrube damals – auf die farbigen Flaschen, Flußsteine, weißes, blaues Geröll und auf anderes bei Ausflügen aufgeklaubtes Zeug.

Natürlich wird der Reingewinn nicht allein zum Kapital, sondern auch zum Umsatz in Beziehung gesetzt, hatte ich mit Mühe verstanden. Ich saß mit denen am Frühstückstisch und fing jetzt an zu ahnen, was gefeiert wurde. Strass. Die drei Männer, Kobler, Dasch und auch der Gerichtsassessor Fillsack wurden im Haushalt als Söhne geführt. Wir sind eine Familie, werden Sie auch Mitglied, sagte Ullas Mutter. Deine ungeliebten jungen Männer, meine Brüder, die ich nicht unter Qualen lieben müßte. Du könntest bleiben, Ruthie, trotz Ulla, du hast mir seit deinem Absturz keinen Kummer mehr gemacht. Alles ist einfacher als lieben, wenn das lieben ist, denn es ist anders als die Sache mit Strass, seine schwere Eheverfehlung mit mir, Paragraph dreiundvierzig – Liebe?

Lieben Sie ihn? Filip, Filip, frag nicht so dumm! Sie hatten mir wieder mal stürmisch gratuliert, die Kaffeetassen gehoben, auf ein Wohl im Plural getrunken, ich mit. Ich liebte sie nicht und brauchte das vor mir selbst nicht zu leugnen. Und werden Sie jetzt heiraten, fragte Ulla. Ich dachte, sie rede mit Fillsack, aß weiter, aber zu dem sagt sie nicht Sie, ich trank den ziemlich guten Kaffee, Mutter, sie kann besseren Kaffee machen als – Ob Sie jetzt heiraten werden? Wieso, fragte ich. Sie riefen durcheinander. Sie will sich immer noch verstellen! Ulla klatschte. Man wollte mich anführen, und ich sollte mich wehren. Natürlich versagte ich, lahm vom Widerstand, ungerecht in meiner Abneigung. Ich fand gegen jeden einen Vorwurf. Aber wahrscheinlich waren sie alle nett. Ich spürte eine versteckte Gegenstimmung, die ich nur hätte heraufzwingen müssen, um mich daraufhin mit ihnen allen einverstanden zu erklären.

Es gab jetzt Sekt, selbstverständlich, zu meiner Feier, die auch deine war, Strass. Es hat nicht die Ziffer fünf unsere Affäre entschieden, trotz Pharyngitis und Fleck zwischen Daumen und Zeigefinger der rechten Hand, dies sind keine ansteckenden oder ekelerregenden Krankheiten, Heilung oder Beseitigung darf erwartet werden, so daß Ziffer fünf, Paragraph sechsundvierzig ohnehin nicht in Betracht gezogen werden kann.

Ich wollte es nicht tun.

Am sympathischsten war mir ein Hund, ein großes besonnenes Tier ohne Rasse und ohne Allüren. Es will etwas heißen, wenn mir ein Hund gefällt. Dieser konnte nichts dazu, daß er von Ullas Ambitionen auch betroffen war, Ischia hieß, «gut ins Bauernzimmer paßte», «so rührend nur Hund war». Mein Gesicht brannte vom Sekt. Ja natürlich werden wir heiraten, irgendwann. Nicht augenblicklich. Das ist klar, das ist doch selbstverständlich. Zum Wohl! Schade wegen der Kinder. Das ist immer so. Wenn Kinder da sind, nun, es bleibt ein Fehler. Alles Gute! Von Herzen. Trinken wir drauf.

So hatte ich mich doch getäuscht, als ich annahm, sie kümmerten sich nicht um mich. Sie hatten den Namen von Strass, den ich gleich am Anfang verraten hatte, um mich wichtiger zu machen, Strass, deinen Namen nicht vergessen, sie haben mit ihrem Sohn Fillsack auch über uns gesprochen, ich gehörte zu dieser Familie, sie rechneten mich strikt dazu und ließen mich doch weiter meiner Wege gehen – umsonst gekränkt gefühlt, Strass! Der Fillsack-Sohn hätte ihnen die große Neuigkeit vom Gericht nicht als große Neuigkeit vom Gericht überbracht, wenn ich ihnen egal gewesen wäre. Sie haben es einige Tage vor mir gewußt und wer weiß wie viele Tage vor dem Zeitpunkt, zu dem ich es hätte erfahren sollen, von dir. Scheidung auf Grund objektiver Zerrüttung – aber lag denn die erforderliche dreijährige Aufhebung der häuslichen Gemeinschaft vor? Du hast dich immer zu bestimmten Zeiten von mir verabschieden müssen, du hast deinen kleinen Sohn vorm verfrühten Lesen zu retten versucht, du bist von Reisen und von mir in die häusliche Gemeinschaft zurückgekehrt, meines Wissens, ich gebe zu, daß hierüber geschwiegen wurde, deine Müdigkeit, dein Kopfweh, dein geringes Redebedürfnis, dies Erscheinungsbild der Diskretion hat mir den Einblick in deine häusliche Gemeinschaft erspart. Es muß also Aufhebung der häuslichen Gemeinschaft seit drei Jahren vorliegen, sagte Herr Fillsack, denn das Zerrüttungsgesetz aus dem Jahr 1938 ist nicht mehr rechtsgültig.

Wir fuhren, Dasch am Steuer des Lieferwagens, in Richtung

Fluß, Süden, Gebirge, Aumühle. Kobler und Ulla in Koblers schäbigem Auto überholten uns, wurden überholt, überholten uns mit Winkerei, Fratzenschneiden, wurden überholt. Fillsack saß zu dicht neben mir. Ullas Mutter lag schräg würdevoll auf dem Sitz neben dem halbwegs erwachten lenkenden Dasch. Die Wiederherstellung einer dem Wesen der Ehe entsprechenden Lebensgemeinschaft ist nicht zu erwarten. Warum so ernst, murmelte Fillsack über mein linkes Ohr weg. Nur so, sagte ich und rückte nicht von ihm ab. Warum hat mir Strass nicht gesagt, daß seine Scheidung jetzt entschieden wurde? Vielleicht hat er es mir in der Kirche von St. Michaelis gesagt, wo er etwas gesagt hat, was ich nicht verstanden habe. Ullas Mutter humpelte glücklich vor mir durch die Kirche, die ihre große Liebe war. Mir wurde in all dem Weiß und Gold der Stuckdekorationen nicht wohl, und Fillsack blieb mir auf den Fersen, warum nicht. Strass – den ein Verschulden an der Zerrüttung trifft, wird dennoch nicht belangt vom Widerspruch des von Verschulden freien Gatten, weil die Aufrechterhaltung der Ehe bei richtiger Würdigung ihres Wesens und des gesamten Verhaltens beider Gatten sittlich nicht gerechtfertigt ist. Das ist doch einsichtig vom Gesetzgeber, wie? Fillsack setzte sich neben mich auf die Kirchenbank. Ullas Mutter stand auf den Knüppelstock gestützt; anscheinend betete sie.

Strass, Mittagessenszeit vorüber und du liegst auf deinem Bett im Hotel Parkhof, das ich mir nicht anders vorstellen kann als das Hotel Wachtturm, ich kann mir dein Zimmer nur sonnig vorstellen, ich sehe unser Zimmer neun, deine Scheidung war in Gang, ich bin immer wieder mit dem Versuch beschäftigt gewesen, eine Sache einzuschätzen, während sie in Gang war, ich sagte, ich halte es nicht mehr allzu lang aus, du hast endlich die Augen aufgemacht, ich riß dich vielleicht aus Gedanken an deine minderjährigen Kinder, du hast mich ohne Neugier sanft betrachtet, wir haben uns umarmt, es stand kein Abschied unmittelbar bevor, kein Moment, in dem der Kuß das einzige ist, was man miteinander machen kann, du hast mit sterilisiertem Kakao und ich mit meinem Wasserglas voll Sekt auf unser Wohl angestoßen, aber nicht auf unseren Aufhebungsgrund, noch schwere Eheverfehlung, nicht auf das durch Klage geltend gemachte Verlangen nach Aufhebung, wir tranken auf unsere paar Stunden im Wald, am Meer, auf dem Meerdamm, auf die belgische Küste, auf belgisches Bier, wir hatten das gern, wir hatten die paar Sätze gern, die wir miteinander geredet, die Sachen, die wir uns auch an diesem Tag gesagt hatten, das Wenige. Du wirst auch jetzt daliegen und die Unterlagen zur Vergleichsmöglichkeit zwischen der Rentabilität verschiedener Betriebe oder einzelner Geschäftsjahre eines Unternehmens prüfen, Rendite denken statt Rentabilität, dich auf Montag vorbereiten, geschieden, nicht an Schloß Eisern Hand denken, aber gutwillig, ohne Abneigung jederzeit dazu bereit sein, wenn einer dich daran erinnerte.

Ich wollte Fillsack los sein. Ich leistete Ullas Mutter Gesellschaft. Sie war die erste, die mich nach meiner Familie fragte. Einzig über die Tanten habe ich die Wahrheit gesagt, habe wirklich erwähnt, sie seien halbwegs verrückt und wie sie sich zanken, wie gefräßig die eine, wie durchtrieben die andere ist. Das Wort Anstalt habe ich nicht ausgesprochen.

Auch mit Rücksicht auf deine minderjährigen Kinder wurde dieses Verlangen der Aufhebung, durch deine Klage geltend gemacht, nicht abgewiesen. Er muß also drei Jahre durchgehalten haben, sagte Fillsack. Ullas Mutter gefiel mir ganz gut, wenn mich auch ihr Verhältnis zur Tochter störte.

Dasch parkierte mit mehr Geschicklichkeit, als Strass hierin gegegeben ist, vor der Aumühle. Hat Ihre Familie etwas gegen diese Heirat? O nein, aber gar nicht. Meine Eltern sind sehr tolerant. Meine Eltern, meine Familie, die nichts von Strass weiß. Meine Eltern wollen immer unser Bestes. Wie schön für Sie, wie schön. O ja. Und es ist so harmonisch, nicht wahr. Und seine Frau, die Frau dieses Mannes. Ihr Widerspruch ist unwesentlich, weil die Aufrechterhaltung der Ehe bei richtiger Würdigung ihres Wesens und des gesamten Verhaltens beider Gatten nicht gerechtfertigt ist. Ich kenne sie nicht, sagte ich. Eheverfehlungen sind Strass immer verziehen worden. Ich habe das vergessen und mir die Frau von Strass wie eine Kopie von Alma Ritter vorgestellt.

Ich war allein bei Ullas Mutter geblieben. Die andern liefen voraus, Ulla als Wildfang. Ihre Mutter gab sie mild als Großstadtkind aus. Ulla stieß, schob, zerrte an den drei jungen Männern, die schläfrig hinter ihr her stolperten. Das Flußbett sah mit seinen hellgrauen Steinen und dem knappen klaren Wasser beinah spanisch aus. Auf dürrem Gras kugelte Ulla in ihrem Wintermantel. Sie hängte sich an den niedrigen Ast einer Latschenkiefer, auch die Latschenkiefer sah spanisch aus, auch das aschblonde Gras, Ulla schwang hin und her, sie johlte. Der Hund Ischia wurde mir immer lieber, seine Trägheit vor allem. Kein Wort mehr. Ich dachte an unser ruhiges Zimmer neun, an unsere Pausen im Wald, an jedes Wort auf der Bank am Bahndamm, auf dem Meerdamm; überall unsere unausgeführten Sätze. Jetzt rief Ulla das Wort Durst mit ihrer Stimme, die sie als rauchig bezeichnet, in die ein Regisseur, von dem sonst nicht mehr die Rede ist, sich verliebte und die mich verrückt macht.

Wir betraten die Aumühle; für dich wäre sie zu qualmig gewesen. Aus deiner weinroten Sprayflasche, von der Farbe deines Wollschals, sprühst du dir die mildernde Lösung in den Mund; mein Strass, ich weiß, wie du lebst. Du hast zwei minderjährigen Kindern Unterhalt zu zahlen, deine Frau ist erwerbsfähig, du räusperst dich nach dem Einsprühen, weil niemand im Zimmer ist, es ist sicher hell, sonnig, mit heller Tapete, auf der das stilisierte Laub durcheinanderwirbelt. Es ist mit der an der Waschbeckenwand über den blauen Kacheln andersgemusterten Tapete, mit drei Fenstern und dem Blick aus ihnen auf winklige Fachwerkhäuser und renovierte Dächer mit Antennen unser Zimmer neun im Hotel Wachtturm, wo du dich nur gehemmt hast räuspern können, meinetwegen, wo du noch nicht geschieden warst, während ich mich bemühte, etwas zu genießen, das mir nicht zustand.

Wir haben in der stickigen Aumühle dunkles Starkbier auf Strass getrunken. Wie sieht er denn aus, fragte mich Ulla. Augen, Stirn, Größe, Handschuhnummer achteinhalb; ich zeigte ihnen einen müden, etwas übergewichtigen Strass, der laut Tabelle gar nicht zuviel wiegt, der immer wieder die Leute verwirrt, indem er sich als zu dick bezeichnet, seine Kollegen, die Geschäftsinhaber, die Schreibkräfte, die Fakturistinnen, all diese Leute, die ihn meistens gut leiden können; sie alle überrascht seine Vorsicht beim Essen, nur mich nicht; ich bin die einzige, die ihn kennt, wie er wirklich ist – kein Wunder, daß ich gesprächig wurde, beim Starkbier. Herr Fillsack wollte sich mit mir fürs Cinerama-Kino verabreden. Wie ich dich also kenne, hast du etwas geschlafen? Dein minderjähriger Sohn wird vielleicht schon vor Schuleintritt lesen können.

Damals dachte ich natürlich überhaupt noch nicht daran, keine Rede von einem Plan.

Bei der Aumühle, im Schlamm der Auffahrt, endete unser Fest mit einem Schock. Ulla tanzte rückwärts betrunken aus dem Lokal, stieß gegen ihre Mutter, die vornüberfiel, ohne Schrei mit ausgestreckten Armen, den Krückstock in die rechte Hand gekrampft, in der linken Hand die Tasche, sie fiel auf den sonntäglichen Mantel mit Pelzbesatz, aufs Gesicht, in den Schlamm. Die rechte Hand verlor den Stock, die linke Hand die Handtasche. Das Gesicht, mühsam aus dem Schlamm gehoben, verlor Farbe. Kobler und Dasch hoben sie hoch, Ulla sagte ein paar Worte, war verlegen. Ullas Mutter sah aus, als habe sie bei diesem Sturz etwas Wichtiges verloren, alles war an diesem Tag gut gewesen, doch jetzt, dieses niederbayerische Gesicht.

Aber es ist nicht wahr. Das Zimmer im Hotel Parkhof mußte ich mir nicht wie Zimmer neun im Hotel Wachtturm vorstellen, dank einiger geflüsterter Angaben von Strass, er redete von frisch, aber schlampig ausgeführten Schreiner- und Weißbinderarbeiten, die dies Zimmer charakterisierten, zum Beispiel von graugestrichenen Türen und der graugestrichenen Lamperie. Die neue Farbe war auf die alte Farbe gepinselt worden und sprang überall ab, so kurze Zeit nach der Fertigstellung der Arbeit! Es roch nach Farbe, sehr leise alles, woher will ich wissen, daß Strass nicht unhörbar geflüstert hat: ich bin unterhaltspflichtig. Oder: auf Grund objektiver Zerrüttung und so weiter, oder daß er durch Klage das Verlangen nach Aufhebung geltend gemacht habe?

Von ihrem Sturz an hatte ich Ullas Mutter gern. Im Schlamm war sie meine Mutter, nachdem jemand ihr eine Freude, ein Vertrauen, einen arglosen Irrtum genommen hatte, unsere Mutter. Ein Rückfall, ähnlich dem meinen, Strass, als wir Schloß Eisern Hand hinter uns hatten oder die zehn Tage in der Kreisstadt oder die vierzehneinhalb Tage am belgischen Meer – nein, kein Vergleich, keine Ähnlichkeit mit meinen Anstrengungen. Ich finde das Meer schön, so als sähe ich es zum letzenmal. Ich werde von Strass angeredet, umarmt, geküßt, angeschwiegen, angelächelt und sehe voraus, wie ich hinterher daran denken werde. Kein Vergleich: mit spürbarem und sichtbarem Schlamm, aus grauem Februarschlamm die Maske auf dem Gesicht, der Überzug des Mantels. Habe ich dieses Unglück herbeigeführt, so wie deinen Sturz von der Platane, Ruthie, weil ich auf deine Kühnheit böse war? Ullas Mutter, das Opfer meines Festtages, wurde wie ein großer Braten hin zu Koblers Auto geschleppt und auf den Vordersitz gebettet. Sorry. Strass sagt sorry.

Sorry. So plötzlich wollen Sie ihn heiraten, fragte er sie wahrscheinlich, er bedauerte sich und ihr Haar, ihr vielleicht glitschiges Haar. Kein Kummer mehr mit der alten Fakturiermaschine. Noch einmal, leise vermutlich: Sie heiraten also, Fräulein Maltan? Es kommt so plötzlich. Sie dürfen es nicht anstehen lassen. Inhalationsapparate kann man kaufen, Salbei, wie gesagt. Warum so plötzlich. Mitleid mit den angenehmen Fingern von Strass und seinem Kastanienhaar. Aus dem Türrahmen des Zimmers, in dem Strass wohnte und Zeit hatte, nachdenklich zu sein, auch betrübt, während wir in Richtung Stadt wieder in zwei Autos zurückfuhren, des Zimmers, und ich kenne die Nummer nicht, fiel der Verputz, weil die Türrahmen bei einer Renovierung des Hotels Parkhof nicht sorgfältig eingepaßt worden waren. Die Fenster, nur zwei, gingen auch nicht nach Süden wie die Fenster des Zimmers neun im Hotel Wachtturm, an das ich denken mußte, wenn ich mir Strass vorstellte, der sich unter Umständen Fräulein Maltan vorstellte, ihre Figur, über die er nicht genau Bescheid wußte, ich stellte mir Strass vor während der Rückfahrt, neben dem eingeschüchterten Fillsack, Strass jetzt als geschiedenen Mann, ungehemmt beim Räuspern, die Stelle zwischen Zeigefinger und Daumen der rechten Hand, dann Fräulein Maltan, plötzlich, sehr plötzlich verlobt, sie wird dieses Braun bemerkt haben beim Überreichen der Lagerbuchhaltungskarteikarten, ungefähr mit folgenden Worten: Ja, er ist aber ein richtiger Engländer; dann das unterdrückte Gelächter, vielleicht schmerzhaft für Strass – ich drehte mich an einer Kreuzung nach Koblers Auto um. Ullas Mutter begann eben zu lächeln, als wir anfuhren. Im Licht einer Ampel konnte ich sehen, wie Ullas Mutter schon wieder lachte. Der Sturz hätte schlimmer sein können, sagte Filip Dasch und gähnte wieder. Strass hatte vielleicht auch ein Zimmer mit Fenstern nach dem Hof.

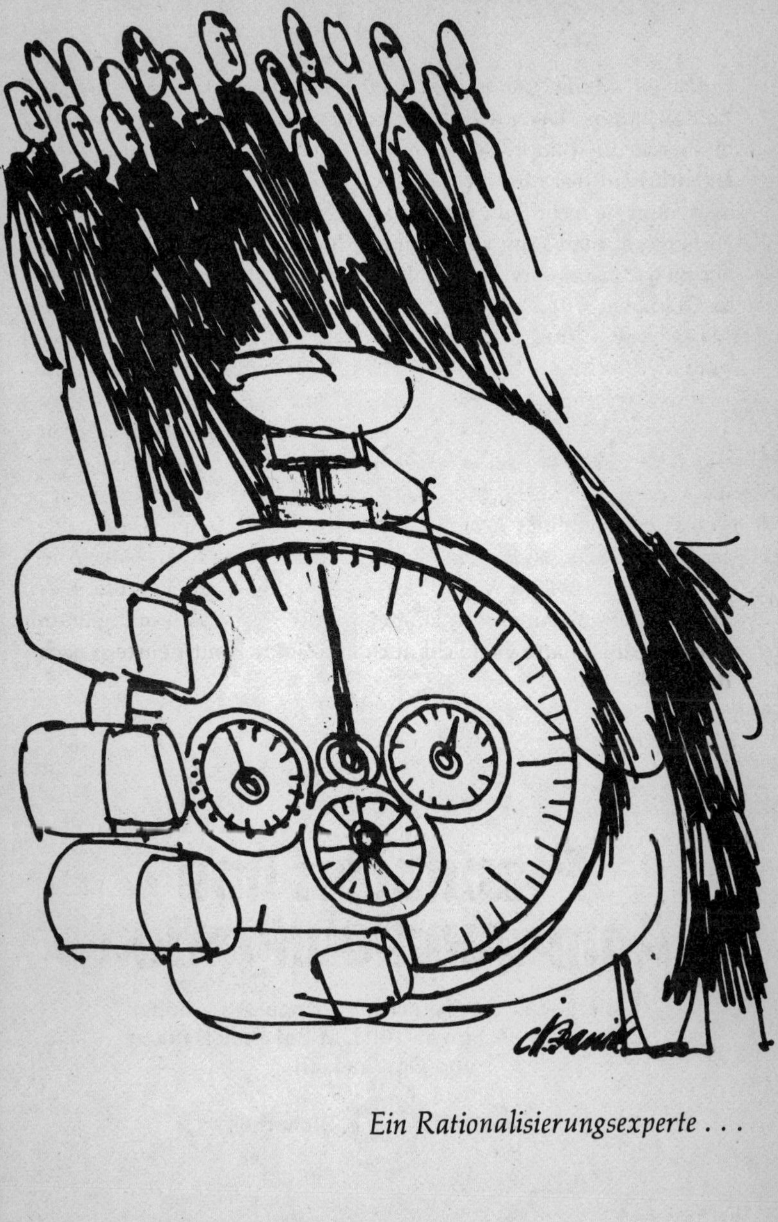

Ein Rationalisierungsexperte . . .

. . . ist ein Mann, der andere in die Lage versetzt, eine Menge Zeit zu sparen. Doch was fängt man mit eingesparter Zeit an, wo bleibt sie überhaupt? Man kann sie nicht aufheben, um bei gelegentlichem Termindruck ein paar Stunden Reserve zu haben; man kann sie nicht am Ende dranhängen, um das Leben etwas zu verlängern; man kann sie nicht auf die hohe Uhrkante legen, um ein paar Zinsminuten zu erhalten. Freilich, jemand, der an Zeit-ist-Geld glaubt . . .

Pfandbrief und Kommunalobligation

Meistgekaufte deutsche Wertpapiere - hoher Zinsertrag - schon ab 100 DM bei allen Banken und Sparkassen

Verbriefte Sicherheit

II

In der engen Küche braute er einen Tee. Sein Singsang, mein Gott, er begann, Monica anzuklagen. Er war mager vor allem im Gesicht. Er bat mich noch einmal, ihn David zu nennen. Ich hatte eben gesagt: Es macht doch wirklich nichts. Es macht doch wirklich nichts. David, sagte ich.

Sie selber kennen Monica nicht, sagte er. Nein, ich nicht. Mein Freund kennt sie, sagte ich. Nennen Sie mich doch David, sagte er. Seine konvexen Brillengläser erinnerten mich an Kobler, und auch für David waren sie offensichtlich noch nicht stark genug, denn er betrachtete Tassen und Löffel aus großer Nähe, ehe er sie auf ein ovales schwarzes Lacktablett setzte. Strass hat mir ein- oder zweimal von Monica erzählt, sagte ich, damals als sie noch nicht Ihre Frau war; sie hieß für mich Fräulein Maltan.

Anders als beim munteren Kobler trugen Davids Sehschwierigkeiten zu einem Ausdruck summarischer Unzufriedenheit bei. Diese Konjunktivitis hier in Barkingside erinnerte mich nicht mehr an meine Mutter. Zu lang waren deren kranke Lider von mir nicht mehr gepflegt worden.

Aber er ist verheiratet, oder? David sah aus wie ein neugieriges Pferd. Ich machte eine Handbewegung, um ihm auszuweichen. Er sagte, sie seien nicht so, Monica und er, nicht prüde, Monica habe immer viel von Strass gehalten, er sei ein bescheidener Revisor gewesen. Ist er noch, ist er noch, rief ich und klopfte mit einem Brotmesser auf den Spülbeckenrand. Und wird er nach seiner Rückkehr wieder sein. Ein netter Revisor.

Machen Sie sich nichts daraus, sagte David. Wieso? Woraus? fragte ich. Davids lehmfarbenes Haar, das er kurz hielt und links scheitelte, war bis auf eine unerhebliche Stirnwelle glatt und von weit auseinanderstehenden Kammzinken frisiert worden. Daß er verheiratet ist, sagte er, er läßt sich sicher eines Tages scheiden, oder? Er sah mich besorgt an. Vielleicht ist er schon geschieden, sagte ich.

Wir hatten uns vor fünfzehn Minuten kennengelernt und sollten einen Monat lang gut miteinander auskommen, Strass und ich als seine Mieter. Die Küche war gelb und schmal. Hier plötzlich kam mir ein Monat lang vor.

Sie werden viel allein sein, sagte David. Ich bin in der Schule, sie dauert hier in England meist bis fünf nachmittags.

Ein Monat ist rasch rum, sagte ich und fand mich dann sofort unhöflich. Oh, das macht nichts, sagte David. Nennen Sie mich ruhig David. Ich komme gegen sechs zurück, meistens. Heut ist eine Ausnahme. Ich gebe Mathematik. Monica kommt unregelmäßig zurück. Bei Ihrem Freund wird es ähnlich sein, wer weiß. Es ist mir egal, wirklich, sagte ich. Ich unterrichte an einer Grammar School, sagte David.

Die EFH, eine nicht immer so großzügige Firma, war augenblicklich bereit gewesen, im Fall von Strass einen Fortbildungskurs bei der Firma Gordon & Walker, Organisationsberatung, zu gewähren. Das bekannte Unternehmen in Walthamstow, Essex, am Nordostrand von London, stand in nichts den großen amerikanischen Rationalisierungsfirmen nach, es war Strass von Monica Maltan-Carper empfohlen worden. Sie hatte sich schon vor ihrer Verheiratung für eine Stelle bei Gordon & Walker gesorgt und arbeitete nach ihrer Hochzeit dort in der Zeitschriftenbibliothek. Monica und Strass haben den Schulungskurs schon auf einer Beratungstour von Strass im vergangenen Februar geplant, in der Woche mit jenem Fest bei Ullas Mutter, sie haben es geplant anläßlich der Mitteilung des damaligen Fräulein Maltan, sie habe sich verlobt, so plötzlich, es kam so plötzlich, sie werde heiraten. Um ihr braunes Haar war es schade, Strass bedauerte das Haar. Fräulein Maltan heiratete so plötzlich bald darauf den Engländer David Carper. Ich denke, im April zog sie um nach Barkingside, Ilford, sie wohnte noch nicht in der Fairlop Road, das Haus Nummer 180 war aber bereits gekauft, sie wohnte vorläufig noch in der Buntingbridge Road zur Miete mit David, der morgens eine halbe Stunde früher als sie den gleichen Bus 365 A nach Walthamstow benutzte, um in der Madcosley Grammar School Mathematik zu unterrichten.

Du kommst selbstverständlich mit mir, hat Strass, allerdings besonders leise, gesagt. Wir gingen rasch und frierend durch den Französischen Garten. Das scharfe, leuchtende Märzlicht blendete Strass. Und deine Frau? fragte ich. Er kniff die Augen zusammen. Er machte, um auszuweichen, die Handbewegung, die ich acht Monate später David gegenüber habe wiederholen müssen. Die Schneereste bildeten längs der schon aufgeweichten Humuswege einen grauen Saum. Strass sagte: müssen wir es denn wissen?

Muß je ich es denn wissen? Wohl nicht unbedingt. So ist es nicht schwerer, auch nicht leichter, es bewirkt wenig, es ist eine Regelung, es ist ein Entschluß, ist Vorsicht, auch Rücksicht, eine Maßnahme, es ist etwas von Strass.

Plänemachen im Französischen Garten. Wir werden bei den Carpers bescheiden und gemeinsam wohnen, um Geld zu sparen und Freunde zu gewinnen. Strass, jenen März mit langweiliger Vertretung betraut und der Auswertung von Bilanzen überdrüssig, freute sich, wie Freuen ihm nun einmal gegeben ist. Kurz und weiterhin frierend nahmen wir auf einer Bank zwischen Plataneum und Elisenbrunnen Platz. Strass zeigte mir auf mein Verlangen die Veränderung zwischen Zeigefinger und Daumen der rechten Hand. Der Fleck hatte die Form von England, neuerdings.

Ich verbrachte den Sommer bei der Familie, zu Haus und auch wieder in Horn. Ich traf dort Rudolf. Meine Mutter und er gestanden mir, daß sie regelmäßig miteinander musizierten. Er wollte Sänger werden. Ich habe den ganzen Sommer über, abgesehen von der Misere mit Tante Gusta, jeden Tag stundenlang an Strass und unseren bevorstehenden Oktober in England gedacht. Ich denke, das wundert dich nicht. Wärst wenigstens du in

Horn dabeigewesen. Rudolf kam mit. Er hat sich fast den ganzen Tag mit Manfred gezankt und ihn doch nicht für seriöse Musik gewonnen. Manfred blieb bei «I'm crying». Die Eltern machten ihre Spaziergänge allein. Wir drei blieben verdrossen und erhitzt am Strand. Oder sie schrieben an euch, ihr immer abwesenden Geschwister, ihr habt es leichter, die Eltern suchen euch, eure Sanftmut, euer geduldiges Antworten, die ruhigen Teenachmittage, schreibend erfinden sie euch.

Ich schrieb aber nicht einmal mehr an Strass. Wie vor Telefonaten, fürchten wir uns vorm Briefeschreiben. Zwei an mich adressierte Karten und zwei Briefe von Strass befinden sich nicht mehr in meinem Besitz. Geheimhalten hieß vom ersten Tag an unser erstes Gebot, das nebenbei. Schreiben und Reden liegt uns sowieso nicht.

Ich saß in Nummer 180, Fairlop Road, in Carpers Haus, in Carpers Wohnzimmer, David Carper gegenüber. O ja, wir kennen uns schon lang, sagte ich. Er hat übrigens auch Mathematik studiert.

Vielleicht läßt er sich dann doch scheiden, sagte David. Er goß uns zum zweitenmal Tee ein. Und dann war er drauf und dran, Architekt zu werden, vorher Pianist, sagte ich. Sie kennen ihn gut, sagte David. Sie kennen ihn besser, als ich meine Frau kenne. Es überraschte ihn, er lachte.

Als dritter Pressereferent vom Markenverband war Strass einmal ein Jahr lang in der Wall Street. Er hat ein Jahr lang Akkreditive prüfen müssen, erzählte ich. Ich kenne Strass. Zum Beispiel weiß ich ziemlich viel über seinen trockenen Katarrh und so viel man überhaupt wissen kann von der Veränderung seiner Haut zwischen Zeigefinger und Daumen der rechten Hand.

Schön, wenn man sich kennt. Heiraten ist auch nicht jedermanns Sache, sagte David.

Ich kenne Strass gut, auch Pläne von Strass, auch womit er sich gerade beschäftigt, zum Beispiel mit der Rationalisierung der Buchhaltung von Mittel- und Kleinbetrieben, man hat ihn zu einem Seminar hierüber nach Manchester eingeladen.

Ich fiel fast aus dem Sessel, so überstürzt bückte ich mich nach meiner Handtasche, die zu weit weg auf dem Boden stand. Ich kramte mein Etui heraus, fand den zerknitterten Zettel mit der Schrift von Strass: Ich bin ein Idiot und bleibe einer, dazu sein Buchstabengekritzel, als übe einer auf der Schreibmaschine. Er macht auch so was, auch Unsinn, sagte ich zu David. Andererseits will er verhindern, daß sein kleiner Sohn vor der Schule lesen kann. Weiter. Er redet zu leise. Laute Geräusche setzen ihm zu. Er haßt es, laut zu reden. Er ist beliebt, jeder, eigentlich jeder, mag ihn, selbst die Inhaber, deren Betriebe in einer gewissen Spannung zur EFH stehen, denen daher Strass als Vertreter der EFH-Interessen Schwierigkeiten machen muß, bedauern ihn etwas, sie wissen nicht warum, er steht da in ihren Büros etwas verlegen, mit seinem vor Aufmerksamkeit manchmal bestürzten Gesicht, er wird nicht verstanden, wiederholt seinen Satz mit einer nun gereizt und sogar aufsässig klingenden Stimme, sie klingt nur so; er redet auch leise bei seinen Vorträgen. Das aber zwingt seine Hörer zu rücksichtsvoller Bewegungslosigkeit. Leise, belustigt vor Konzentration, redet Strass über innerbetriebliche Organisation und arbeitsparende Methoden. Das ist wirklich sein Lieblingsgebiet.

In Walthamstow, in der Kantine von Gordon & Walker, hat er sich neben Monica Carper gesetzt, gestern etwa. Sie wählen die Magen-Darm-Schonkost. Monica war so aufmerksam, für Strass Diät vorauszubestellen. Es gibt aber auch hier Möglichkeiten zum Inhalieren, sagte Monica, sie sprach mit kleinem, stark geschminktem Mund, ihr Haar teilt sich auf dem Scheitelpunkt, es ist dicht über den Augenbrauen abgeschnitten, und zwar ein paar Millimeter kürzer über der Nasenwurzel, so daß der Ausschnitt des Gesichts oval ist; das Stirnhaar spaltet sich oft, es zeigt die sanft gewölbte Stirn, die Strass, es ist anzunehmen, gut geformt und mitunter schön findet, er hat auch hin und wieder Lust, sie zu berühren, wahrscheinlich, auch mit dem Mund, falls man ihn dazu aufforderte, versteht sich. Er erklärte ihr beim Essen den Sinn des

Seminars bei der Chamber of Commerce in Manchester. Den Geschäftsleitungen sollen die Betriebsdaten, die sie für ihre Entscheidungen benötigen, schnell und differenzierter zur Verfügung gestellt werden. Dadurch wird die Buchführung zum wahren Führungsinstrument.

Wir wohnen hier erst seit zweieinhalb Monaten, sagte David. Es war ein Reihenhaus, schmal und zweistöckig, es war wie alle andern Häuser auf der Ostseite der Fairlop Road. Noch fehle es an Möbeln, sagte David. Wir saßen im Wohnzimmer nach Osten. Der Verlauf der Fairlop Road, von Norden nach Süden, zwang sie, das Wohnzimmer nach Osten zu legen, denn die Zimmer zur Straße und dem sonnigeren Westen würden durch den Verkehrslärm entwertet. Die Fairlop Road ist eine wichtige Durchgangsstraße, die aus dem Zentrum von Ilford nach Nordosten in die besseren Wohngebiete von Chigwell, Buckhurst Hill, Loughton und Abridge führt.

Die Diät-Essen kosten auch bei Gordon & Walker mehr. Man kann hier nicht wie in den EFH-Kantinen Eintopfgerichte haben. Strass schätzte dort das Essen Eins, einen Eintopf namens Grauberger Parade, der ihm aber nie besonders gut bekam. Es gibt bei Gordon & Walker wie bei der EFH zwei Speisesäle, einen für Arbeiter, einen für Angestellte. Es sind auch bei Gordon & Walker die Angestellten, die zu den Arbeitern gehen, nicht umgekehrt. In beiden Speisesälen, auch hierin denen der EFH gleich, wird keine Musik geboten. Für wenige Pence erhält man an den Schaltern der Essensausgabe Kaffee, Tee, Gebäck, kaltes Fleisch in Teig, das entspricht Wurst bei der EFH, Sandwiches, beziehungsweise Brötchen bei der EFH, zwei Sorten Pudding. Strass, auf Süßigkeiten versessen, versorgte sich mit Pudding schätzungsweise drei Stunden bevor ich hier nun mit David beim Tee saß, Strass saß allein beim Mittagessen, denn Monica war beim Friseur, er verspeiste eine Art von heißem Kuchen, oben und unten Teig, innen Zitronencreme, nicht sehr süß! Strass fand ihn bestimmt gut.

Helle Tapete im Ostwohnzimmer der Carpers, und David erzählte mir von der Schule und von Lincoln, woher er stammte und weswegen ich ihn schlecht verstand. Hier wartete ich also nach langer Trennung von Strass, der sich in seinem Urlaub schon eingelebt hatte, mit Monicas Hilfe, und ich hatte den langen heißen Sommer mit der Familie hinter mir, mit Tante Gustas Einlieferung in die Anstalt. Meine zwei Besuche dort: beim zweiten hat sie mich erkannt, kurz vor meinem dritten ist sie gestorben. Man läßt die Leute sterben, wenn sie endlich das Einsehen haben, auch organisch zu erkranken. Tante Leonie, Tante Gustas Feindin zu Lebzeiten, war die einzige von der Familie, die am Begräbnis teilnahm, ich sage lieber: teilnehmen konnte, schließlich waren wir alle auf irgendeine Weise verhindert, Ischias der Mutter, der Vater nicht blutsverwandt, auch derzeit ohne Schneidezähne, Manfred, du weißt es, geht niemals freiwillig aus dem Haus. Ich selber wartete auf ein Telefonat von Strass, aus Übersee immerhin, und ich konnte wegen unseres ersten Gebotes – Geheimhaltung – keinem andern die Sache überantworten. Außer Tante Leonie waren einige Spann-Verwandte da. Ich denke an das Grab auf dem Friedhof der Kreisstadt; mir war das Grab Ludwig lieber, und ich werde auch auf Tante Gustas Grab keine Landschaft nach dem Vorbild Horn pflanzen.

Die Anstalt mit ihrem heißen, verdorrten, geometrisch angelegten Garten. Tante Gusta hatte Tante Leonie und mich empfangen, stumpf und dabei doch furchtsam. Sie war mager geworden. Über ihre Tigerbackenknochen spannte sich die faltige rissige Haut, die neuerdings gebräunt war. Während Tante Gusta früher nie einen Schritt vor die Tür setzte, mußte sie in der Anstaltszeit ihre täglichen Runden durch den baumlosen sonnigen Garten machen. Sie griff gierig nach meiner Tasche mit den Süßigkeiten vom Kiosk. Ein Bonbon fiel ihr in den Kies, sie bückte sich, ich sah ihre mörtelartige Kopfhaut unter der Haarbespannung, sie hob das rote Himbeerding auf, putzte oberflächlich daran herum und bot es mir an. Wie mager waren ihre Hände geworden.

David schlürfte seinen Tee. Sie wird den Friseur in Woodford genommen haben, er ist besser als der in Barkingside, sagte er. Dann ist ja alles in Ordnung, sagte ich. O nein, sagte David, das Fahrgeld. Die Vorfreude auf Monicas frisch frisiertes Haar regte ihn anscheinend auf. Zwei auf schmale Holztafeln gemalte Aquarelle, chinesisch stilisiert, hingen von einem weißgestrichenen Holzsims, der in Kopfhöhe um alle vier Wände lief.

Der Friseur in Barkingside ist doch viel näher, rief David.

Als wir uns verabschiedeten, Ruthie, die beiden Male, klammerte sie sich fest an unsere Hände, auch beim ersten Besuch, als sie uns gar nicht erkannte: sie wollte also auch zwei Fremde nicht gehen lassen. Ihre Augen! Ich hatte plötzlich Angst vor Tante Gusta. Die Schwester stand hinter uns. Loslassen, Tantchen, sagte sie munter. So ähnlich war's, Schwesterchen, wenn wir früher vor dem Kindergarten Manfred allein ließen. Durch die verschlossene Tür haben wir die Kinder gehört und uns Manfred dort vorgestellt, nahe der Tür. Auch im Saal, der Tante Gusta zwei Monate lang beherbergte, war es laut. Es geschieht zu ihrem Besten, erzählte ich zu Haus. Sie begreift ja nicht, wo sie ist. Man hätte sie auch mit höheren Zahlungen nicht aus dem Saal für die unruhigen Fälle in einen andern Bau überweisen können; sie war eben unruhig. Ihr Bett habe ich nicht gesehen, aber am Eingang ähnliche Betten. Ich durfte nicht mehr als zwei Schritte über die Schwelle. Dort habe ich mich von Tante Gusta verabschiedet, das heißt, aus ihrer brennenden, mager gewordenen Hand meine Hand gezerrt, bin umgekehrt, hinter meinem Rücken hat die Schwester Tante Gusta abgeführt und ich weiß nicht bis vor welches Bett geleitet, ich stelle mir vor, bis zu einem Bett unweit des Eingangs. Von der Schwelle sah ich in den langen Schlafsaal zurück, bis eine andere Schwester kam. Links befanden sich die Schlafnischen für je vier Betten. An den Schmalseiten waren die Betten nah aneinandergerückt, zwischen den Längsseiten konnten zwei Personen einander begegnen. Rechts von den Schlafnischen befand sich der Durchgang, ebenfalls mit Nischen, die aber nur Fensterbankbreite hatten. Auf den gekalkten Fensterbänken standen Blumentöpfe.

Sie haben sogar Blumen dort, erzählte ich der Familie, es sieht nett aus, es macht einen ganz andern Eindruck durch die Blumen. Meine Eltern hatten mich nicht gefragt, ob es etwa nicht nett dort aussehe. Im Durchgang standen Frauen, die sich auszogen. Ich erinnere mich an eine, die unruhig war, sich den weißen Haarschopf zerraufte und im grauen dicken Unterrock strammstand. Zuerst salutierte sie, winkte dann und sang laut, bald danach heulte sie auf, fuhr sich mit beiden Händen ins Haar, wurde plötzlich wieder vergnügt und winkte uns zu, langsam und geziert. Die Betten waren weiß bezogen und mit je einem Kopfkissen, je einem Laken und je einer Decke ausgestattet. Auch die Wände waren hell. Insgesamt sah das Ganze freundlich aus. Außer den Betten und den Blumentöpfen gab es keine Einrichtungsgegenstände. Es gab hier ja auch keinen Besitz unterzubringen, die Bewohnerinnen des Saals für Unruhige hatten bereits bei ihrer Einlieferung alles abliefern müssen. Tante Gusta erschien bei unseren beiden Besuchen nicht in ihren eigenen Kleidern. Mal war es Anstaltskleidung, sie reichte ihr bis über die Knöchel. Die riesigen Schuhe fielen ihr fast von den Füßen. Beim zweiten Besuch trug sie Rock und Pullover einer Mitbewohnerin ihrer Schlafnische, nun war alles zu eng, ich sah Tante Gusta zum erstenmal in einem Pullover, der sich straff um ihren Oberkörper legte. Sein Rosa war vergilbt. Er gefiel Tante Gusta. Rings um die Achselhöhlen war er filzig. Sie sah unseriös aus. Die Krankenschwester war freundlich und gutgelaunt. Das viele Sitzen und Laufen im Freien tat Tante Gusta gut, es verschönte sie beinah. Auch die Landschaft ringsum war lieblich, ein Erholungsgebiet jenseits der zwei Meter hohen Bruchsteinmauern, auch die Anstalt aus Bruchstein. Ich glaube nicht, daß Tante Gusta Bäume entbehrt hat.

Aus Höflichkeit sah ich mich in Carpers Zimmer um. Die beiden auf Holz gemalten Aquarelle hatte David in einem Woolworth erstanden. Doch, doch, ich kann mir denken, daß Sie mir's nicht glauben, sagte er. So gut kann man im Nordosten Londons einkaufen. Sie haben sich wirklich nicht verhört: im Woolworth zu Ilford. Es lohne sich, in der Fairlop Road dem Ilfordbezirk so nah zu sein. Sie ließen sich von einer kleinen Mietwohnung in Walthamstow nah der Schule und nah der Firma nicht in Versuchung führen, sondern kauften das Haus Nummer 180 in der Fairlop Road in der Nähe von Ilfords guten Geschäften, sie konnten das Haus nicht selber finanzieren, aber Ilfords wegen fiel es David nicht allzu schwer, seinen Vater anzupumpen, jedoch nicht zinslos, diesen Vater, der seinem und Monicas Wunsch gram sei, eine Familie zu gründen. Ausgestreckt im Sessel mir gegenüber und grimmig vertraute mir David die ersten Schwierigkeiten seiner Ehe an.

Es kam mir zugleich unsinnig und angenehm vor, weggelaufen zu sein und dabei wieder einmal nichts Besonderes anzutreffen, um hier dies anzuhören, um in diesem Augenblick dieses Gähnen Davids zu sehen, das mich ein bißchen an Filip Dasch erinnerte. Wenn Monica käme, müßte einer von uns beiden aus seinem Sessel, denn es gab nur zwei. Wenn Strass käme, müßte zumindest ich nicht aus dem Sessel. Abende standen bevor, mit oder ohne Sessel. Jemand gäbe sich mit dem rötlichen Rohrstuhl zufrieden.

An Davids Hose war das Stoßband ausgefranst. Je weniger uns einfiel, desto lauter wurde, sogar im Ostzimmer, die Fairlop Road. Wann kam Strass. Wann kam Monica. Ich kannte noch nichts von der Umgebung und konnte mir keinen von beiden auf dem Weg hierher vorstellen. Mein Unbehagen nahm ich nun David übel, ich trug ihm nach, daß er nichts gegen seine Warzen unternahm, warum wusch er nicht sein Haar, was fiel ihm ein, mir Tee statt Gin oder Whisky oder Bier anzubieten, mich mit Schulgeschichten zu behelligen, und wie kam er dazu, so weit wegzuwohnen von Walthamstow?

Es gibt in unserem ganzen Bekanntenkreis kein einziges Ehepaar ohne Baby, sagte David und sah mich an, als sei ich sein spielverderbender Vater. Der war Schneider in Lincoln. Lincoln müsse ich kennenlernen. Ohne Baby sind wir keine richtige Familie.

Mir war wohl jetzt beim Blick aus der Fenstertür und einer ungenauen Freude auf Strass. Welke Herbstblumen lagen im farblosen Stengelkraut des schmalen Gärtchens neben dem Haus. Ich stellte mich vor die Fenstertür. David kam links neben mich.

Ich dachte an mein linkes Profil.

So haben wir den Garten übernommen, sagte David, es muß viel getan werden.

Nein, da war von Anfang an nichts zu machen, Ruthie, zwischen ihm und mir, es lag nichts vor, keine redliche und keine unredliche Absicht. Reg dich nicht auf. Aber es ärgert eine Frau, und wenn sie noch so sehr in festen Händen ist, nicht wahr? Die Apfelernte, die Anschaffung einer Leiter, die übertriebene Ausgabe hierdurch, Ärger über den Apfelbaum, der Nachbar und das Grundstück zur Linken im Schatten der linken Apfelbaumhälfte, der Groll des Nachbarn auf den Apfelbaum, stundenlange Sommerschatten der Äste und Zweige, die Beeinträchtigung der Erdbeerernte durch die Schatten des Apfelbaums, der Plan der Carpers, den Baum zu fällen, noch im kommenden Winter. Es wird also nur eine Ernte geben, sagte David, und so schloß für eine Weile unser Gespräch. Mich störte der Gedanke, ich könnte gezwungen werden, diese Ernte mitzumachen. Ohne Leiter würde ich mit den Carpers und Strass darauf warten, daß die Äpfel fielen und zum Kochen noch gut genug wären. Apfelgeruch, pelzige, kreidige Fingerkuppen, Apfelgerichte.

Es war kalt, im Kamin ein schwaches Feuer. Monica hatte vielleicht auch einen Friseur in Gant's Hill genommen. Es macht nichts – es macht nichts – es macht nichts – David. Auf den schwarzlackierten Dielen lag ein dünner Rauhreif aus Staub.

Ich finde Ihren Freund auch sehr sympathisch, sagte David. Und ich finde, er hat sich hier gut eingelebt. Es ist interessant für ihn.

Das stimmt. Er hat auch schon die Firma Black & Craig in Ilford besichtigt, wie die EFH ein Unternehmen zur Herstellung und zum Vertrieb von elektrotechnischen und feinmechanischen Kleinmaschinen, Apparaten und Vorrichtungen, aber besonders von elektrischer Ausrüstung für Verbrennungsmotore und Fahrzeuge. Sie ist allerdings eine erheblich größere Firma, Aktiengesellschaft wie die EFH, umfaßt aber fünf oder sechs Werke, noch mehr Tochtergesellschaften und ist an Unternehmungen vieler Länder beteiligt, stellt auch Dampfturbinen und Kreiselverdichter her. Die Gründungszeit, 1893 bei Black & Craig, 1901 bei der EFH, sorgt für weitere Ähnlichkeit. Den Acht-Stunden-Tag hat der damalige Chef des Hauses Black & Craig, Robert Warren Craig, bereits 1906 eingeführt, bei der EFH hingegen dachte die Leitung erst Anfang der zwanziger Jahre sozialpolitisch fortschrittlich.

Unsere Teetassen, leer bis zum milchigen Bodensatz, standen auf dem vor zwei Wochen in Ilford gekauften Teppich aus moosweichem Velours. Ich bückte mich, setzte die Tassen ineinander, stand auf und verließ das Zimmer, wusch in der Küche im kalten Wasserstrahl Tassen, Untertassen und Löffel ab, rieb den Daumen über unsere rostfarbenen Mundspuren, ich fand sie unappetitlich. David schlich mir nach und lächelte mich an, ich merkte, daß es ihm Freude machte, mich hausfraulich zu sehen. Also trocknete ich die Sachen ab und ließ mir zeigen, wohin sie im gelbgestrichenen Hängeschrank nach Monicas Plan gehörten. Die Alpaccateelöffel zu den Alpaccasuppenlöffeln und den Alpaccagabeln, zu den Messern mit Beingriff, den beiden Schöpfkellen, dem Quirl zwischen Korkenzieher und Büchsenöffner, alles in einer großen unaufgeräumten Schublade der gelben Schrankkommode, deren mit Linoleum beklebte Oberfläche als Küchentisch diente.

Sie trägt ihr Haar glatt, aber daß es so gut fällt, geht auf die Friseur zurück. Strass verläßt die Lehrsäle des Betriebs keine Minute früher, nicht aus Ängstlichkeit gegenüber seinen Vorgesetzten, beziehungsweise Gastgebern, sondern weil der Prozeß ihn interessiert.

Ich hockte vorm Bücherregal im Wohnzimmer. Plötzlich stand David dicht über mir und schwang in der rechten Hand eine dünne rotbemalte Keule. Ich lachte bedrückt und richtete mich auf.

Monicas Keule, hübsch was, sagte er. Er reichte mir die Keule. Ich wußte nichts mit ihr anzufangen und schwang sie auch. Dann gab ich sie zurück. Er stellte sie wieder auf ihren Ehrenplatz zwischen Buchstützen mit geschnitzten Gemsböcken. Es war Monicas Keule für den Health & Beauty Club. Dazu ein hellblaues Trikot. Sie geht jeden Montagabend hin. Gehen Sie mit, es wird Ihnen Spaß machen. Jetzt kauerte David vor dem Regal. Das Pfeifenmundstück behinderte seine Zunge, er rief trotzdem Titel um Titel aus, er kam mir vor, als wolle er etwas gutmachen.

Strass, vor dem niedrigen schwarzlackierten Gartentürchen von Nummer 180 der Fairlop Road, blieb stehen, fand im Regenmantel links oben die weinrote Sprayflasche und öffnete den Mund. Er trug wie immer keine Mappe oder Tasche. Im hirschbraunen Regenmantel sah er wieder dicklich aus; der weinrote Schal war wie immer im Nacken etwas verschoben. Strass behielt den linken Handschuh an, um nicht mit bloßer Haut die verschiedenen Türgriffe, zweimal Gartentürchen, zweimal Haustür, anzufassen. An Anwesenheit Davids gaben wir uns die Hand. Endlich – wie schön – eine gute Reise – gut eingelebt – daß du da bist – in Gant's Hill – eine Tasse Tee. Wir saßen zu dritt im Wohnzimmer, Strass im rötlichen Rohrstuhl, den Regenmantel auf den Knien. Wie gewöhnlich kümmerte er sich am meisten um seine Füße, er schont sie, sie müssen ausruhen, er bat um die Erlaubnis, sie hochlegen zu dürfen, und steckte sie ins zweite der dunkel gebeizten Fächer des Teewagens, so daß seine Wildlederschuhe neben einer gläsernen Obstschale lagen.

Strass hatte weinrote Strümpfe an. Schuhe-Aneinanderstellen, das mögen wir auch. Als David anregte, abends in die Kirche zu gehen, war es mir recht. Wir würden unsere Schuhe aneinanderstellen. Wir haben jetzt, zu dritt, über ein Buch einen Film ein Theaterstück geredet, A Tempting Ceremony, was es war, weiß ich nicht mehr, ich habe mich dennoch an der Unterhaltung beteiligt. Schuhe-Aneinanderstellen in der Kirche wäre das erste Private von der Art, wie wir es schätzen. Er zeigte mir unser Zimmer im ersten Stock. Auf dem Ehebett der Carpers lag eine Decke unter rosa Tüll. Unsere Abbilder, über den Blick in dem dreiteiligen Frisierspiegel, ließen uns nicht allein. Der fünffenstrige schmale Erker ging auf die Fairlop Road und schirmte gegen deren Lärm nicht ab. Strass erklärte mir, wieso der Gasofen nicht benutzt werden konnte, ich habe es nicht verstanden, er hat leise gesprochen. Was auch los war mit diesem Zimmer – Strass schlug mir vor, es tagsüber zu meiden. Wir stiegen die schmale Treppe wieder hinunter und betraten das Erkerzimmer unter unserem Schlafzimmer.

Dieses Parterrezimmer zur Straße hin war sparsam möbliert. Im Kamin stand ein Gasofen. Ein versperrtes Schreibpult sah unbenutzt aus. Auf der Fensterbank standen Blumentöpfe, acht Kakteen, zwei Blattpflanzen. David war stolz auf sie. Lächeln verschönte ihn nicht, während er uns seinen Sinn für Schönheit offenbarte. Er litt, wie er sagte, unter den Glasmalereien der oberen Fensterklappen. Er deutete hinüber auf die parallel verlaufende Häuserzeile, die am Fuß einer leichten Anhöhe lag, wo die Vorgärtchen an den breiteren Fassaden Maß nahmen und wo die Kippfenster unbemalt waren. Davids blaues Kaminfeuer, dem man den hohen Kohlenpreis ansah. Davids Sessel, sein angestammter Platz, der Sessel, der schon etwas benutzter als der andere und dem Fernsehapparat näher war, in seiner vorgeschriebenen Position, von der aus David mit ausgestrecktem Arm im Zwischenfach des Teewagens den düsteren Scheiterhaufen seiner zerbissenen Pfeifen erreichen konnte, auch seine Schulbücher, spärlich und abgegriffen, Davids Tabaksdose, Davids ungestopfte Wollsocken in der Reichweite des andern Sessels, Davids neuerworbenes und schon so verkommenes Gärtchen – ich sah mich um, ich wollte nicht böse darauf sein, Strass hatte sich eingelebt, recht und schlecht und anspruchslos . . . ich war dennoch darauf böse.

Wenn auch die Betriebsleitung bei Gordon & Walker das Händeschütteln abgeschafft hatte, ebenso die Erkundigungen nach dem allgemeinen Ergehen – dies aufgrund eines Mehrheitsbeschlusses der Belegschaft –, gaben sich Angestellte der Firma doch manchmal die Hand. Blieb Strass bei Monica Maltan-Carper stehen, so erfüllte er ein Gebot der Höflichkeit ihr gegenüber. Es war auch genauso selbstverständlich, daß sie miteinander verabredeten, sich am Nordblockausgang zu treffen, erstens: der gleiche Weg, zweitens: Monicas Einkäufe für den Haushalt, von dem Strass profitierte, obwohl er natürlich mehr bezahlte, als für ihn ausgegeben wurde – dasselbe trifft für mich zu –, drittens waren sie ganz gern zusammen, auch das kein Wunder in der riesigen, rasch dunkelwerdenden Stadt, beziehungsweise an deren Nordostrand, die zu anstrengend war für Strass, zu kalt, klammes feuchtes Wetter ist ihm nicht zuträglich, er trug zwei weinrote Pullover übereinander. An der Kreuzung Southend Road/Chigwell Road werden sie einen Bus der Linie 203 oder 243 verlassen haben, die paar Schritt durch Nightingale Recreation Ground haben dem Rachenraum von Strass gutgetan, wenn auch nicht so gut wie ein ungehindertes Husten, er hätte sich bestimmt gern geräuspert, sie erreichten den River Roding, ich verfolge sie an dessen Lauf, sie sind winzig, ihr Spaziergang ist unerheblich und auch winzig, 3,5 Zentimeter sind eine halbe Meile. Im Erkerzimmer, das dämmrig wurde, zeigte mir Davids Zeigefinger im Atlas von London Davids Schulweg, danach Monicas Weg zu Gordon & Walker und von dort in ihre Einkaufsgegend, jetzt mit Strass.

Den River Roding stellte ich mir wie die Litter vor, Strass lehnte erschöpft am Holzgeländer, wir redeten über das Laub im Wasser, über eine Mistgabel zum Herausheben des nassen Laubs, über Enten, über nichts weiter. Die Litter, die durch die Kreisstadt fließt, nachdem sie den Wald im Tal unter dem Stadtpark-Hügel verlassen hat, kann auf vier Brücken überquert werden, ein fünfter Übergang besteht aus etwa sechzig Zentimeter weit voneinander entfernten, im seichten Wasser liegenden Sandsteinquadern.

David wußte nichts über den River Roding, nichts über Nightingale Recreation Ground, er war nie da, Monica gehe dort ebenfalls nie hin. Er verwies mich auf die Nippsachensammlung. Ein kleiner Pappski mit Stock und angeschnalltem rotgeschnürtem grünem Stiefel, auf dem in weißen Sütterlinbuchstaben Salzburg stand, war ein Streichholzschachtelhalter und das nun sieben Jahre alte Geschenk eines Kommilitonen von David aus Winchester, die Erinnerung an einen Besuch auf dem Kontinent. Die Schachtel, die der Halter hielt, hieß nicht Mozart, sondern Schubert, denn die ursprüngliche Schachtel Mozart war verlorengegangen, und die beiden Carpers schätzten sich glücklich, eine deutsche Komponistenschachtel als Ersatz erstanden zu haben. David hielt mir einen Stehkalender hin und entfernte aus einem Aschenbecher eine alte Glühbirne. Ich stellte mir den River Roding weniger seicht vor als die Litter und ebenfalls ohne Enten. Auf dem rotlackierten Sockel des Kalenderständers hielt ein Tukan Wache. Strass hätte gern den denkbar einfachen Sprayvorgang abgewikkelt, oder wenigstens dieses noch immer zunehmende Fremdkörpergefühl im Hals durch Räuspern bekämpft. Ich beschloß, mir den River Roding demnächst anzusehen. Wald gab es da nicht. Gut, ich führe raus bis Epping. Ich soll allein nicht in den Wald, es ist gefährlich. Dieses Verbot stammt noch aus der Zeit mit Rudolf, es wurde von mir geachtet, Strass hat sich nicht genau dazu geäußert.

Wie denken Sie übers Händeschütteln? Kommt drauf an, was für Hände – über neue Autorabatte, über Aufträge mit geringem Auftragswert?

Von zwei Bierkrügen gefiel mir der aus Zinn, und ich erkundigte mich nach den Biersorten. Strass und Monica waren bestimmt nirgendwo eingekehrt, nicht weil es zu qualmig gewesen wäre für Strass, sondern weil Monica sich nichts aus Bier macht. Sie haben überhaupt nichts gemacht, sie haben lediglich abgekürzt, durch das Freigelände sind sie, um Zeit zu sparen, rasch nebeneinander hergegangen, haben aus dem gleichen Grund River Roding überquert . . . wenn überhaupt.

Monica redete von der fünfzehnjährigen Katze ihrer Eltern. Sie hatte einen Brief bekommen, er lag geöffnet neben der Kuchenform auf dem Küchentisch, die Katze wollte und wollte nicht sterben, Monica sprach dann auch vom Health & Beauty Club, von chronischen Halserkrankungen, von der Fakturiermaschine nach dem Flitzbandsystem und wehrte freundlich David ab, der immer wieder an ihr Haar griff.

Die langsame tiefe Stimme Monicas. Sie war nicht laut, eine Stimme, wie sie Strass wohltat. Monica wollte auch Kinder und eine Katze, Strass soll das nicht anstehen lassen, Strass gefalle es sehr bei Gordon & Walker, ihr habe es in dem kleinen Betrieb zu Haus nicht besser gefallen, es sei allerdings intimer gewesen, diese uralte rührende Fakturiermaschine, Typ Flaschenhals, Monica lachte, Strass habe sich rührend, rührend für sie eingesetzt, ja und jetzt – so plötzlich verheiratet sein. Strass, gut, er habe auch Kinder, traurig sei schließlich eine solche Ehe, besser er lasse sich scheiden und sorge für eine richtige Lösung.

Strass bestieg den Bus, er räusperte sich an der Ecke Fairlop Road/Glenham Drive, öffnete das Zylinderschloß der schwarzlackierten Haustür mit Monicas Flachschlüssel, es gab drei Schlüssel zum Haus, einen besaß David, einer war mir geliehen worden, in den dritten teilten sich Strass und Monica. Er betrat den gelben Flur. Wir, im Wohnzimmer, hörten ihn.

Nein, ich hatte keinen Plan.

Jetzt kommt er, sagte David. Monica stand auf, legte das Strickzeug weg, strich über den Rock; das Zimmer verließ sie mit mir. Ich war nach ihr aufgestanden, aber ohne Strickzeug rascher als sie an der Tür, ich war einen Schritt vor Monica draußen auf dem gelben Flur, während Strass den Regenmantel auszog, den Schal, und wir drei guten Tag sagten. Monica ließ uns allein, sie ging in die Küche. Wir könnten gleich essen, sagte sie. Ich fragte, ob ich helfen könne, Strass fragte das auch; sie schickte uns weg, sie blieb ruhig in ihrer Eile. Strass und ich stiegen treppauf. Wir betraten unser unheizbares Schlafzimmer. Strass streckte sich auf dem

Doppelbett der Carpers aus. Das erinnerte mich an Zimmer neun des Hotels Wachtturm. Ich weiß nicht genau, woran ich dachte.

Monica rief Essen. Und um zu reden, stritt ich allein über die Benennung von Mücken, Fliegen und Schnaken. Monica rief Essen, und ich redete weiter über blauschwarze Flecken im Herbstlaub, dann sagte ich: denen zu Haus geht's schlecht ohne mich. Ich weiß nicht, ob Strass zuhörte. Essen, rief Monica, mein Vater bekommt keinen Tee, meine Mutter liegt in Ischiasschmerzen, mein Bruder lernt nicht, freundet sich nicht an, singt nicht mehr weiter, Strass schlief nicht; er sah mich nicht einmal neugierig an, er flüsterte, um seine Kehle zu schonen: Wir müssen zum Essen. Unten klapperte Geschirr, Essen kommen, rief Monica. Sie hatten schon angefangen. Unsere Teller waren gefüllt, Blumenkohl, Kartoffeln, Erbsen, eine helle Brotsauce und eine Bratwurst. Monica räumte bereits ab, Strass, David und ich aßen noch. David war fertig, er trug seinen Teller zum Küchentisch weg. Strass aß jetzt ruhig, es schmeckte ihm, er sagte, er freue sich auf den letzten, den süßen Gang, der aber nicht süß war und zu sauer für ihn, meinen guten Strass. Monica trank Wasser zum Essen, David trank Watney's Brown Ale, Strass trank nichts, ich trank Watney's Brown Ale.

Wie beim Essen, so haben Strass und ich auch später in der Ashurst Avenue Kirche wieder die Schuhe aneinandergestellt. Zwei rote Pappbände, zerlesen und zersungen, wechselten von der Hand auf die Pultlatte vor uns, dort gehalten durch die schmale verkratzte Holzleiste. Das eine Buch enthält die Psalmen, das andere die Hymnen. Vorsichtig und schön klang Monicas Stimme. Links von mir saß Strass, links von Strass saß Monica, er wird sie lauter gehört haben als ich, mein rechtes Ohr nahm Davids Gesang auf, der erinnerte mich an Rudolf. Strass sang nicht, ich selbst summte nur kurze Passagen, die mir bekannt vorkamen. Der hochkirchliche, fast katholische Gottesdienst brachte Strass und mich in Verlegenheit. Inmitten der auf und nieder wogenden Gemeinde fühlten wir uns wie Spione. Während die Leute knieten und standen, knieten wir niemals. Der kleingewachsene Pfarrer sah in seinem Chorhemd wie ein alter Krippenspielengel aus. Sein Kinn stieß an die Halskrause, der arme Mann streckte und wand vielleicht dieser Belästigung wegen so oft den Hals, das Gesicht in Richtung Triforium, Obergaden, Gewölbe, Himmel, aber es wirkte so, als wartete er ungeduldig auf seine spirituelle Eingebung. Er sang wieder ein paar Takte, vielleicht eine Litanei, sie klang betrübt und eintönig. Wie das auch so bei David der Fall war, erinnerte mich seine Stimme in ihrer Unerschrockenheit an die geschulte Stimme Rudolfs und an dessen: Ich habe genug.

Jemand im Straßenanzug bestieg die Kanzel, während der Pfarrer in Weiß sich zum Altar wandte, wahrscheinlich betend. Er kam mir aber gekränkt vor. Der linke Schuh von Strass stand nicht weit entfernt vom rechten Schuh Monicas, zwischen Spange und ausgeschnittener Vorderkappe schimmerte hell ihr Strumpf. David hatte immer noch die Spikes aus seinem nachmittäglichen Sportkursus an. Auch diese Schuhe standen still. Der Mann im Straßenanzug beugte sich teilnahmsvoll über die Kanzelbrüstung, er betrachtete die Gemeinde mit einem Ausdruck der Befriedigung, so als bestätigte sich ihm eine alte unschöne Vermutung. Dann richtete er sich auf, las schnell und drohend Lektionen vor, mit kurzen Pausen, er blickte, um sie zu ertappen, in die Gemeinde, die ihm sofort mit Chorgesang gehorchte. Die meisten Leute konnten ihre Lieder auswendig, auch zweite und dritte Stimmen, sie sangen hauptsächlich im Stehen, oft auch beim Knien, nie sitzend.

Die während des Gesangs entstandene Kollekte – Monica hatte Strass und mir ein paar Münzen zugesteckt – wurde in Altarnähe von einer Art Meßknabe entgegengenommen; errötend hielt er eine vergoldete Schale den vier Sammlern hin, älteren Männern, die sich vor ihm verbeugten. Der Meßknabe zeigte die Schale mit der Beute dem Pfarrer und verbeugte sich nun seinerseits. Der Pfarrer schien versöhnt und zeigte sich, danach stand er wieder mit dem Rücken zur Gemeinde wie bei einem Versteckspiel, als warte er auf etwas. Strass räusperte sich leise, er vertauschte das Hymnenbuch mit dem Psalmenbuch und las; Monicas Strümpfe kratzten, als sie ihre Beinhaltung veränderte.

Es war kalt und dunkel, die Bogenlampen der Ashurst Avenue schimmerten orange im Nebel. Strass, der sich im Verlauf unserer Unterhaltung über Nebel räuspern konnte, flüsterte Monica einen Scherz zu. Sie verstand Strass, wie immer dank ihrer sachlichen Aufmerksamkeit, sie lachte. Wir bogen in den Springfield Drive ein, Strass machte im Gehen eine eigenartige Verbeugung gegen Monica hin, es ging noch immer um ihren Scherz, Monica sagte: doch, doch, ganz richtiger Nebel, David sagte – links, zu mir – er sei wirklich gläubig, Strass sagte etwas, Monica antwortete zur gleichen Zeit, als David mir erklärte, er sei dreieinhalb Jahr lang ungläubig gewesen. Es ist aber wirklich wahr, sagte Monica, hören Sie auf zu lachen, Strass lachte weiter, wie er eben lacht, ziemlich lautlos, etwas hechelnd, wir erreichten die Fairlop Road. Die Angelegenheit zwischen Strass und Monica ging weiter, aber die mir so angenehmen Finger der linken Hand von Strass waren in meiner Hand und geschützt von der Tasche meines Wintermantels.

Morgens kam oft ein Brief von zu Hause. Unser Vater schrieb: Du bist an der Reihe, mein Kind, nachdem dein Bruder Reinhard versorgt ist, drei Seiten! Es kam aber auch vor, daß er so nicht anfing, sondern am Ende etwa vermerkte: Jetzt muß ich aber schleunigst schließen, deine Schwester und dein Bruder wollen auch noch etwas von ihrem alten Vater hören. Die Ränder bekritzelt von meiner Mutter; Manfred unterzeichnete mit großem zittrigem M. Tante Leonie, die man im Glauben bestärkte, sie könne nicht schreiben, schrieb nicht. Ich hatte die Vormittage, die Mittage und die frühen Nachmittage für mich allein im Haus. Ich machte unser Doppelbett, in dem wir ohne Whisky und ohne die alten Mäntel Davids gefroren hätten. Ich bügelte ein dunkles gestreiftes Hemd von Strass, der geschieden war und nicht wußte, daß ich es wußte, ich spülte das Frühstücksgeschirr, ich holte zwei

Pinten Milch von der Haustür in die Küche, ich kehrte, während auch meine Mutter kehrte und im Unterschied zu mir gegen Vogelfedern ankämpfte, während auch Tante Leonie kehrte, sie im Parterre, den Besen falsch herum wie oben meine Mutter, sie dachte in ihrer flüchtigen Art darüber nach, warum ich wieder weggefahren war, nun ohne Stellung, nicht an einen Platz, wo man mich dringend brauchte, und wie alle Tage erwartete ich den Gasmann, der fällig war, den Klempner, der bestellt war, und den Fensterwäscher, über dessen Zuverlässigkeit den Carpers noch nichts bekannt war. Ich kannte keinen Passanten, niemand kannte mich, während mir mein Vater am beladenen Schreibtisch, vor Eifer glühend schrieb, während Manfred die Kampffische von mir grüßte, während Tante Gusta sanft in der Erde ruhte. Ich las noch einmal den kurzen munteren Brief, den mir die novafilm-Leute geschickt hatten, nachgesandt von meinem Vater. Fillsack schrieb: Wann wird Hochzeit gefeiert? Ulla schrieb: Wie lebt sich's mit einem geschiedenen Mann, Sie Beneidenswerte? Kobler und Dasch war nichts weiter eingefallen, sie grüßten herzlich und wünschten das Beste. Auch Ullas Mutter grüßte, aber sie fand ein paar gute Worte, sie wollte wissen, wie Strass alles geregelt habe mit Frau und Kindern.

Ich hatte nicht das geringste zu tun. Der nächste Wald war Epping Forest, Meilen entfernt. Ich wollte Schlamm auf die Schuhe bekommen. Der morastige rote Tonmergel des Waldes hinter Stadtpark und Krankenhausneubau der Kreisstadt fiel mir ein. Rudolfs Verbot, von Strass nachsichtig übernommen, störte mich immer noch, wie mich immer noch seine Stimme stört, wenn ich mich an sie erinnere, und seine Haut. In Barkingside High Street wartete ich zwanzig Minuten lang auf den 167er Bus. Ich hoffte, Monica käme an diesem Tag als erste zurück und fände das Haus leer. Ich stieg in den Bus, fuhr durch Chigwell bis Loughton, ich sah Gärten, kleine Baumgruppen, ich mußte aussteigen und wieder warten. Es war Essenszeit. Strass wählte am Schalter neben Monica oder allein die Diät für Herz-Nierenkranke, ich wanderte auf dem Sommerweg längs der Autostraße; es war meine Schuld, ich hätte zu Hause bleiben können, ich befand mich auf einer kurzen Strecke innerhalb des Waldes neben der belebten Autostraße, es ging bergauf, es war schön zwischen Bäumen, ich erkannte das Laub aus dem Wald hinter dem Stadtpark wieder und redete mit Strass, der seinen Pudding genoß und vielleicht über glattes Haar oder zweigbetriebsvergleichende Organisation nachdachte, woher kommen schwarze und blaue Flecken im Laub, es ist eine Wespe, es ist Fäulnis, es ist bestimmt keine Wespe, Mücken sind nicht die dünnen, die stechen nicht, Mücken nennt man bloß in bestimmten Gegenden Fliegen; es gab viel Unterholz und Stechpalmen, ich gelangte nach Highbeech, zum höchsten Punkt der Grafschaft Essex, einem Sammelplatz von Ausflüglern selbst werktags, das Wetter war leidlich, windig und ab und zu sonnig, eine Wiese voll rastender Teetrinker am Hügel und ein Gasthaus, das jetzt offen war. Hier stand ich, allein aus dem Wald gekommen. Man hatte mich nicht überfallen und ich sah am Fenster des Saloon die gelassenen Profile, Strass und Monica.

Ich ging denselben Weg zurück, nun eilig, weil ich hungrig war. Ich nahm ab Loughton einen andern Bus, auf dessen Nummer ich nicht achtete, weil es mir genügte, auf dem Richtungsanzeiger Fairlop Road zu lesen, und so fuhr ich fast bis vor die schwarze Gartentür. Ich fühlte mich sofort wohl in dem schmalen Haus, ich war allein, der Lärm der Fairlop Road störte mich nicht. In der Küche briet ich Eier, aß sie im Erkerzimmer zur Straße, neben dem Gasofen, dessen Schamottgitter bald gelbrot-gelborange glühte. Was möchtest du hören? Es ging mir leidlich, ganz und gar leidlich, ruhig, Ruhe. Mir ging's besser als der alten Frau, die ich beobachtete. Sie plagte sich vor ihrer Haustür ab. Gegenüber vor Nummer 131 der besseren Häuser auf der Westseite der Fairlop Road konnte sie ihr eigenes Türschloß nicht öffnen. Sie hielt Ausschau nach Hilfe und ich sah ihr zu. Die Einkaufstasche stand neben ihr, sie kramte darin herum, sie verließ ihre Tür, ohne Tasche, lief durchs Gärtchen hinüber zu Nummer 133, klopfte an, wartete, ging weg und hinüber auf die andere Seite zu Nummer 129, klopfte an, wartete vergeblich, dann kehrte sie zurück. Ich blieb auf meinem Platz. Strass und Monica werden eine Kleinigkeit gegessen haben, Strass gebraucht manchmal diesen Ausdruck. Für Monica ist es angenehm, sich ungestört in ihrer Landessprache unterhalten zu können. Sie kommen sich wie Schüler vor, die weggelaufen sind, während die andern eine Arbeit schreiben. Monica wird nicht weggelaufen, sondern ohnehin mit ihrer schwer durchschaubaren Tagesarbeit fertig sein. Strass ist nicht bei der EFH, sondern bei Gordon & Walker und hier also freier. Aufwärts und abwärts die Busse, hier in der Fairlop Road wie oben am höchsten Punkt von Essex, vorbei an ihrem Saloon-Fenster. Strass wird zum Spaß Monica im Biertrinken unterweisen, sie lacht ein wenig, das ist alles. Er wird auch ihr gegenüber nicht von seiner Scheidung reden. Ein Kohlenauto fährt langsam bergauf, der Beifahrer ruft den Tagespreis aus, die Frau vor Nummer 131 gegenüber ruft ihm etwas zu, das Kohlenauto fährt vorbei, die Frau hantiert wieder am Türschloß herum, sie gibt auf, sie steckt die Hände in die Taschen ihres Mantels. Durch den Tüllvorhang vor meinen fünf Erkerfenstern sehe ich ihr Gesicht, es ist braun, der Hut ist wahrscheinlich violett. Ein alter Mann nähert sich von der Eastern Avenue her der Frau. Sie ruft ihm von weitem zu, sie winkt, bewegt die Beine auf der Stelle, der Mann öffnet die niedrige gelbgestrichene Gartentür mit der schwarzen Nummer 131 und steigt einige Stufen zum Haus hinauf. Am Fuß einer leichten Anhöhe liegt die westliche Häuserzeile. Das verhilft ihr zu größerem Ansehen gegenüber der Häuserfront auf der Ostseite. In der Eingangsnische überreicht die Frau dem alten Mann ihren Schlüssel, er soll ihr helfen; Strass hilft Monica in den Kamelhaarmantel mit falschem Pelzbesatz am Kragen, er findet ein langes braunes Haar im stumpferen Braun des Kragens und läßt es liegen; der alte Mann steckt den Schlüssel ins Schloß, und sofort öffnet die gelbe Tür sich nach innen, die Frau lacht und klopft dem alten Mann auf die Schulter, beide verschwinden in der schmalen Gruft des Hausflurs und die gelbe Tür schlägt zu.

Keiner im Haus außer mir, Ruthie. Jeder Raum leer, es sei denn, ich selber betrete ihn. Die Zeit vergeht dir langsam, du spürst die Zeit, du empfindest ihr Ausmaß. Keiner wartet auf dich, keiner schont dich, es ist keiner da, niemand ist mit dir verabredet. Du siehst die roten Busse, 169 und 169 A, Daily Milk, Long John, the Scotch they drink in Scotland, für Littlewood, du kannst nur die Reklamen an den bergauf nach Barkingside High Street fahrenden Bussen erkennen, ihr freundliches Watch your step, weiß auf blau, das ist es, worauf du warten kannst, auf den nächsten Bus, ab mittags um drei auf etwas Sonne, falls der Tag sonnig ist. Du wartest auf den Gasmann, den Klempner, den Fensterwäscher. Laß den Briefträger aus. Du kannst vom Kaminsims die Zündhölzer herunternehmen, die Schachtel Schubert, die Aschenbecher von der Firma Aynsley, den kleinen Porzellanhund mit orangefarbener Ohrenfüllung, du kannst den Bierhumpen und cremefarbige Bierkrüge anders gruppieren, auch die acht Kakteen und die beiden Blattpflanzen, deren dunkle Erde du mit einem kleinen vernickelten Gerät, das dem kleinen Rechen im Oleandertopf des Zimmers in der Pension Fischbach nur dem Zweck nach ähnlich ist, aufharken, wobei du dir das Grab Ludwig, den Weg nach Schloß Eisern Hand, das Grab von Tante Gusta, den Stadtpark oder Epping Forest beim höchsten Punkt von Essex, Highbeech mit dem Gasthof, vorstellen magst.

Strass half Monica beim Einsteigen an der Haltestelle in Loughton. Auf der Fahrt durch Loughton fing es schon zu regnen an, es hat stärker geregnet auf der Höhe von Buckhurst Hill, in Chigwell stieg jemand zu, der Monica kannte, sie begrüßte ihn, beim Umsteigen in Barkingside High Street war der Regen schwächer geworden. Sie kamen ganz vergnügt an.

Ich bin heute früh da, sagte Strass zu mir, er redete aber diesmal leise wie einer, der normalerweise laut redet und in bestimmten Momenten die Stimme senkt, um beispielsweise vertraulich zu sein. Strass legte seinen Arm um mich. Monica stand gelassen in der Küche, wie immer gleich nach ihrer Rückkehr rasch beschäftigt mit irgendeiner Mahlzeit oder mit der Zubereitung von Tee. Sie hantierte unerschrocken mit einem blassen Teigballen, schlug mit langen Fingern auf ihn ein, wir waren zu ihr in die Küche gekommen, ich voraus. Kann ich was helfen, fragte ich. Geht raus, sagte Monica, bis es Tee gibt, ich rufe.

Strass zog mich hinauf, wir betraten das kalte Schlafzimmer. Strass warf erst hier seinen Mantel ab, er behielt den weinroten Schal an, mehr noch, er knotete ihn umständlich im Nacken. Er setzte sich auf meiner Seite des Doppelbetts hin und gab mir durch eine Handbewegung zu verstehen, ich solle mich neben ihn setzen. Er hatte seinen belustigten und neugierig zustimmenden Ausdruck – das Gesicht, dem auch die nervösesten, die mißtrauischsten Vertragsfirmeninhaber nichts Böses wünschen können, sah neugierig aus wie in einer Redepause innerhalb seiner Vorträge, bevor er einen neuen Gesichtspunkt im Bereich der innerbetrieblichen, zwischenbetrieblichen und betriebsvergleichenden Organisation zur Sprache bringt, auf eine Weise, die den Hörern einen Eindruck der Originalität vermittelt.

So sah Strass aus. Unter einem grünlich-braunmelierten Rock trug er den helleren, kräftiger gefärbten, gröber gestrickten und neueren seiner beiden weinroten Pullover. Keine Krawatte, sein Hemd war in dunklen Farben gestreift. Ich schlug ihm vor, den Rock auszuziehen. Neben ihm saß ich seit etwa zwei Minuten. Unten war es still. Gleich mußte Monica mit dem Tee fertig sein. Strass zog den Rock aus. Ja, was ist, fragte ich. Heut nacht kriegen wir eine Wärmflasche, sagte er. Er hielt mich an beiden Schultern fest. Ich soll wenig sprechen, sagte er, nicht leiser als sonst. Erzähl was, sagte er. Man muß nicht reden, sagte ich – eine Phrase, die ich von Strass übernommen hatte. Er legte sein Gesicht gegen mein Ohr. So saßen wir auf dem Doppelbett, optimale Packeinheiten, Nachteile des Lesenlernens vor der Schule, wir legten unsere Oberkörper zurück auf die rosa Tülldecke.

Was hast du heute gemacht, fragte Strass. Monica unten verhielt sich still, der Tee war längst fertig. Nichts Besonderes, sagte ich. Das Schnaufen oder Schnüffeln von Strass, wenn ihm an etwas gelegen ist, das kurze Atemeinziehen war jetzt nahe meinem Ohr, der linken Schläfe. Seine Hand schob vorsichtig meinen Rock hoch, ich zog die Beine aufs Bett, seitlich, meine Schuhe fielen laut auf den Boden. Noch lag ich unbequem, eine Hand von Strass, an meinem Rock, wahrscheinlich die rechte, ermattete etwas, die andere Hand kam unter meinen Pullover, ich rückte in Richtung Bettmitte, wobei mein Rock sich verschob, die Tülldecke sich noch mehr verschob, jetzt rief Monica Tee, das zweite «e» eine Terz tiefer als das erste und länger ausgehalten, sie hatte irgendwas abgewartet. Strass rückte mir näher und bedeckte meine linke Seite. Sein Mund verlangsamte die Berührung mit meiner Halshaut und schwächte sie ab, Monica machte unten eine Tür zu, rief nicht, Strass sagte an meinem Hals: Wir müssen was besprechen.

Sie hat zum Tee gerufen, sagte ich. Ich stand auf, ging in Strümpfen zu meiner Seite des Betts, wo meine Schuhe lagen, wo ich sie im Stehen anzog, wo Strass mit der linken Hand mich wieder aufs Bett zog, es war wenig Platz, ich legte meinen linken Arm aufs Bett, mein Oberkörper lag über dem seinen ungefähr. Von deiner Frau, fragte ich.

Was, fragte Strass.

Reden, sagte ich.

Nein, sagte Strass.

Wovon denn sonst.

Unten ging eine Tür. Es wurde etwas geredet. Ich darf nur sehr leise sprechen, sagte Strass. David hockte vermutlich schon in seinem Stammsessel, den dampfenden Tee auf dem Teppich neben sich. Er durchwühlte seine Schulmappe, die ungewöhnlich groß war und eher einem Koffer glich, er kramte in Blättern, Heftseiten und Notizzetteln, er prüfte sie nahe den Augen, zerknüllte dann alles und warf die Papiere ins Feuer.

Ich war beim Arzt, sagte Strass. Er hält es jetzt für eine Kehlkopfsache. Seine immer vorsichtige leise Stimme war jetzt unsicher. Sie hat mich danach unbedingt trösten wollen, Monica, sagte er.

Was kann man tun, fragte ich. Nett sein, sagte Strass. Also sei nett, sagte ich. Nett behandelt werden, sagte Strass.

Es wurde dämmrig. Wir spürten wie kalt es war. Ich hatte keine Lust, mich zu bewegen. Unsere Gesichter waren warm, aufeinander. Und sonst, was kann man sonst tun, fragte ich. Wenn es schlimmer wird, muß man ein Stimmband entfernen, sagte Strass. Das erkrankte Stimmband entfernen. Wirst du das deiner Frau schreiben, fragte ich. Strass sagte mit einer Kopfbewegung Nein. Wir müssen runter, sagte ich. Der Aufenthalt in warmer, nicht zu trockener, reiner Luft, Genuß warmer Getränke, Einatmen warmer Dämpfe, das alles soll gut sein, Monica hat mich bis Highbeech geschleppt, zum Trost. Er lachte. Meine Füße und Beine waren kalt. Von draußen war der Hund aus der Nachbarschaft zu hören. Wenn es ein veralteter Fall ist, wird geätzt und dergleichen, sagte Strass. Wir müssen runter, sagte ich. Was möchtest du lieber, fragte er. Der Hund bellte Sorrow. Heiraten, sagte ich.

Auch unsere Übernachtung bei Freunden, die Fahrt im alten Morris über den Irwell nach Salford und bis in Wakefield Gardens ist schon Erinnerung, während ich mich anstrengte, alles schön zu finden. Herumlaufen und Sitzen in der Manchester Cathedral, Strass stumm nach einem Fenster blickend, Strass sich verabschiedend, und ich lief längs der rauchgeschwärzten gedrungenen Fassade der Manchester Cathedral. Ich suchte nach dem Fenster, das Strass gesucht hatte und an das er vielleicht noch dachte beim Probetippen am Registrier-Buchungsautomaten Ascota Klasse 170/10–55, dessen Vorzüge in der tragfertigen Erfassung des Buchungsstoffes und im wählbaren Register mit der Möglichkeit der Zahlenaufteilung liegen. Market Street, Cross Road, King Street, Princess Street, Deansgate Street, wo ich gegenüber den vier Fenstern, hinter denen Strass sich befand, im krummen georgianischen Wellington Inn Cornbrook Bitter trank, während Strass oben im Institut die Schnellkombination Buchen und Lochen in einem Arbeitsgang würdigte, etwas das er schätzt, arbeitsparende Methoden, kurzfristige Berechnungstechnik mit Buchungsmaschinen, sinnvoll angeknüpft an die Vorteile des Lochkartenverfahrens. Wir überquerten zu Fuß die Brücke über den schwarzen leblosen Irwell und betraten das schwärzliche Salford. Bei Streifenlochern übernimmt ein Programmgerät die Verschlüsselung der Zahlen und Synchronisation der Formularspalten, sagte Strass. Es war kalt und die Luft rauchig, schädlich für Strass. Wir liefen in Richtung auf die Residential Districts. Es können fünf bis acht Kanal-Streifenlocher angeschlossen werden, sagte Strass. Nicht so viel reden, sagte ich. Es wird Monica interessieren, sagte Strass hinter vorgehaltener Hand. Die Programmkarte legt den Arbeitsablauf des Motorlochers fest, sie steuert die Zahlenabfrage. Strass lachte.

Erzähl weiter, sagte ich. Vom Buchungsautomaten, sagte Strass. Ich soll aber nicht reden. Dann beantworte Fragen, sagte ich, ja oder nein. Ja, sagte Strass hinter dem Handschuh, der im Tageslicht graublau war. Farbe des Automaten, fragte ich. Strass machte ein Zeichen und antwortete nicht.

Hell? Ja, sagte Strass. Holzverkleidet? Ja. Ich weiß nichts weiter, sagte ich.

Die Sydenhams fuhren mit uns in die Umgebung. Wie geht's deiner Frau, fragte Marge. Strass deutete auf seinen Hals, um daran zu erinnern, daß er nicht antworten könne. James hielt in Didsbury vor dem Regency Club, wo Marge die fünfjährige Tochter bei einer Geburtstagsgesellschaft ablieferte. Laß dich doch scheiden, sagte James. Bloß die Kinder, das ist – Kann Patty lesen, fragte ich. Marge kam zurück. Kann Patty lesen, fragte ich Marge. O ja, sie kann, rief Marge. Die Kinder sind alle herrlich angezogen, ich fürchte, Patty sieht am schäbigsten aus, sagte sie zu James.

Wir fuhren durch Stockport, durch die Dock-Gegend, Strass

beugte sich so weit vor, wie es sein Sicherheitsgurt erlaubte. Zu leise, als daß jemand von uns drei anderen jedes Wort hätte verstehen können, redete Strass von einem Film mit dem Schauplatz Stockport-Docks. Scheidung ist oft doch die bessere Lösung, sagte James. Nur für die Kinder, sagte Marge – Ich weiß nicht so recht. Strass sagte verständlich, wobei er mit dem Zeigefinger hinter der Windschutzscheibe herumdeutete, es gebe etwas Sonne, allmählich.

Über Lancashire hinaus nach Cheshire und Derbyshire. Die Berge waren kahl, das Geröll grauweiß. Strass war geschieden. Monica in der Fairlop Road erwartete von ihm also, daß er mir etwas sagen sollte, wir erreichten Lyme Park und Lyme House mit elisabethanischen Räumen und Schnitzwerk und Gemälden der Familie Leigh, die Lyme House samt Lyme Park dem National Trust übergeben hatte. Die veraltete hartnäckige Halserkrankung von Strass hieß jetzt Kehlkopfsache. Es war kalt in den von der Familie Leigh aufgegebenen Räumen, ein grünuniformierter Aufseher zeigte beim Vortrag über Lyme House unter feuchtem Schnauzbart große Zähne. Strass interessierte sich wie immer sofort. Lyme House sei das wichtigste Überbleibsel englischer Geschichte, sagte der Aufseher; ich lehnte mich an Strass, Marge Sydenham sah es, Strass dachte weder an sein Kirchenfenster, das er in Manchester Cathedral vergeblich gesucht hatte, noch an die volle Synchronisation der Formularspalten mit den Lochfeldern, auch nicht an Pattys schäbiges Partykleid, auch nicht an Lesen vor der Schule oder Monicas glattes Haar im Gasthof von Highbeech, auch nicht an eine unserer Nächte irgendwo, er hörte zu und machte sich Gedanken, beispielsweise über das bescheidenste Gastzimmer des Schlosses, für Mary Stuart reserviert. Es war mir recht, daß Marge und nun auch James sahen, wie ich an Strass' hirschbraunem Regenmantel lehnte; im Park hängte ich mich bei Strass ein, etwas das wir weniger oft tun, einhängen, eher faßt oder umarmt er mich in Schulterhöhe, es war nun schon kälter, Strass beschäftigte sich immer noch mit den Auskünften des Schloßführers und redete leise über Sachen, die ich nicht verstanden hatte. Ich hörte gern zu, das zahme Wild des Lyme House Parks umschlich uns verwundert, wir fuhren weiter und fanden keinen geöffneten Gasthof, waren zu früh in Didsbury, wo Pattys Party noch andauerte, weshalb wieder im Morris über Scheidung und Kinder gesprochen wurde. Wir haben während der Rückfahrt Apotheken gesucht und schließlich eine gefunden, die offen war und in der Marge für Strass eine Packung mit Zimtpastillen kaufte.

Der Motorlocher stanzt entsprechend dem Arbeitsablauf in der Buchungsmaschine die für die weitere Auswertung erforderlichen Lochkarten mit den entsprechenden Zahlenwerten, sagte Strass dem Seminarassistenten im Verlauf einer abendlichen Geselligkeit. Der Mann hatte sich trotz eines glühenden Furunkels im Nacken bei den Sydenhams eingefunden, Strass nahm zum drittenmal vom Apfelbrei mit eingequirlter Sahne, weil das mild war, gut für seinen Rachenraum, Kehlkopfbereich, ihm auch schmeckte, und gewiß oft haben wir uns über sie alle hinweg mit dem Blick verständigt, der unser Alleinsein vorwegnimmt, der ein Gastzimmer mit versperrter Tür voraussieht und was wir machen werden.

Bist du ärgerlich, weil ich dich nicht heirate, fragte Strass.

Ja, sagte ich, gekränkt auch, unter anderm. Ich bin nicht mehr verheiratet, sagte er.

Während mein Vater einem Zahnarzt absagte, während meine Mutter mit Tante Leonie herumstritt, während Manfred schon wieder I'm crying hörte, während Tante Gusta unten lag und gut geborgen war, während Bruder Reinhard samt Familie irgendwas tat und du, Ruthie . . . es ist nicht wahr, daß ich in Dunham Park an euch dachte. Zahmes Wild auch hier, und ich sagte mir, er will mir ja nichts verschweigen, er hat einen bestimmten Grund, den vielleicht Monica kennt. Ich sagte es mir von der Abfahrt in Wakefield Gardens an, durch Sale, durch Altrincham, sagte es mir, aber das andere ging mir im Kopf herum, das viersilbige Wort, ich sagte es mir während der ganzen Fahrt durch den Südwesten des Bereichs Manchester. Die Sydenhams ließen uns allein gehen, der

Dunham Park gefiel mir auch, Strass hatte einen Grund für alles, der Boden unter unsern Schritten hätte Stadtpark, Friedhof, Lyme House Park, Dunham Park sein können, ich hielt Strass am Arm, es war im Dunham Park, Strass war wahrscheinlich etwas zerstreut, hatte einen Grund, aber jetzt nichts zum Nachdenken, hier stand kein Schloß, hier überraschte kein Angestellter des National Trust Strass mit auswendig gelernten, liebgewonnenen Auskünften, aber mir ging etwas, das noch längst kein Plan war, im Kopf herum. Ein Herrenhaus war unzugänglich. Eine elisabethanische Mühle stand verlassen da. Im baumhohen Rhododendrongeviert an einem Sumpfteich haben wir die Sydenhams vorausgehen lassen und uns doch nicht geküßt, es ging mir alles im Kopf herum und ich war kaum mehr fähig, der leisen Stimme neben mir zuzuhören, die versuchte, mir auf meine uninteressierte Frage: Wie arbeitet denn dieser Buchungsautomat? zu antworten.

Vor unserer Abfahrt in den Dunham Park und um zu warten, um nichts weiter zu tun, bin ich im Wohnzimmer der Sydenhams an den Schreibtisch von James getreten und habe in das aufgeschlagene Lexikon gesehen. Ich fand das Wort und den Abschnitt Metastasis.

Die Ansteuerung der Streifen- und Kartenlocher erfolgt über die Steuerbrücke des Buchungsautomaten und erfordert keine Mehrarbeit der Bedienung, sagte Strass. Ulmen, Eichen, Sykomoren, Buchen und ihr wie immer scheckiges Laub vor unseren Schuhspitzen, auch die Erinnerung an deine Platane, Ruthic, und an deinen Absturz und an deinen Herbst, ich sagte, daran bin ich schuld, unser einsilbiges Gerede über gewisse Wespen, das uns half, von der Kehlkopfsache zu schweigen, und irgend jemand hatte unter dem Stichwort Metastasis nachgesehen.

Patty lief auf Baumstämmen, sie warf Laub, umsprang uns, klopfte an Strass herum, Strass spielte mit ihr, höflich wie immer, er ist besonders zu Kindern freundlich, Strass mit gerötetem Gesicht, mit hochgerutschtem weinrotem Schal, Strass im Laub hokkend, vorsichtig Laub werfend, von Laub beworfen.

Warum habe ich von Manchester geredet, von den Parks, von Straßen und den Fenstern in der Cathedral, vom Irwell und von Patty mit ihren freundlichen Eltern, die im Lexikon vielleicht unter Metastasis nachgesehen haben?

Auf der Rückfahrt nach London konnte Strass nicht sprechen und deshalb rede ich nach wie vor auch von Manchester, wie ich von allem rede, von allem mit Strass, und weil seine Sache sich verschlimmert hatte.

Monica Carper kam im St. Pancras Bahnhof auf uns zu. Wir machten zu dritt die lange Reise mit der Piccadilly Line bis Holborn, dann Central Line bis Barkingside; Strass hat etwas gesprochen. David kehrte aus Bromley zurück, er gab mürrische Antworten, er sah immerfort auf Monica, Monica schaute Strass an. Strass ... aber das weiß ich nicht. Leise hat er gesprochen von seinem Seminar über Rationalisierung in Mittel- und Kleinbetrieben. Monica stellte den Gasofen im Eßzimmer auf volle Stärke, die Schamottgitter glommen im Rot der Central Line-Kennzeichnung auf der kleinen Tischdecke der Carpers, die mit dem gesamten Routennetz der Untergrundbahn Londons bedruckt war. Sinn des Seminars: wie können den Geschäftsleitungen die Betriebsdaten, die sie für ihre Entscheidungen brauchen, schnell zur Verfügung gestellt werden, sagte Strass. Die Ein-Shilling-Gasmenge verbrauchte sich rasch. David zerknüllte Zettel aus seiner Schultasche, diesem graubraunen Koffer, der mit Papier angefüllt war. Strass sagte: Schnell und differenzierter. Dadurch wird die Buchführung zum wirklichen – David verließ das Zimmer mit zerknülltem Papier, aber heute brannte auch nebenan kein Feuer, er konnte den Abfall nirgendwo verbrennen und kam mit ratlosem Blick auf Monica zurück. Es wurde kühler im Eßzimmer. Monica, kaum strickend, nickte Strass zu, der von dem fortschrittlichen Buchungsautomaten leise, aber nicht zu leise berichtete. Er fragte nach Apfelbrei mit Sahne, weil er für seinen Kehlkopf gut sei. Sie versprach es sich zu merken, sie warf ein half-a-crown-Stück in den Gasofen.

Der gelbe Teststreifen färbt sich grün, ein Zwischengrün, das die Skala auf dem Etikett der Glukotest-Rolle nicht angibt, zwischen dem harmlosen Hellgrün von plus ein Zehntel Prozent und dem tieferen Grün von plus plus plus einhalb Prozent: mein Vater macht den vielleicht siebenundsiebzigsten Test dieser Rolle. Meine Mutter sieht ungeduldig weg von seinem bedrückten Gesicht. Seine Stimme am Frühstückstisch ist vorwurfsvoll. Ihre Stimme ist laut. Manfred trägt sein Frühstück auf dem Teller weg, es ist Sonntag. Er geht wieder ins Bett, hört wieder I'm crying, und mir zuliebe, weil ich weg bin Don't bother me. Du vertreibst ihn mit diesem Gesicht, deinen Sohn, sagt meine Mutter. Wenn ich jetzt einträte. Glaub doch der Ärztin, bei dir ist es nicht schlimm, sagt meine Mutter. Sie selber sitzt wahrscheinlich schief im Sessel, mühsam atmend, irgendwas ist los mit den Rippen. Sie kann auch nicht mehr richtig durch die Nase atmen. In Tante Leonies Zimmer predigt eifrig der Radiopfarrer. Sie sagt das nur so, die Ärztin. Mein Vater seufzt und wartet auf die Antwort meiner Mutter.

Das ist die Familie, Ruthie. Aber es geht ihnen gut und wir haben recht, wegzubleiben. Das ist ein bißchen Alterszucker, daran denke ich. Strass und Monica nehmen diese Woche das Diabetiker-Essen in der Kantine. Reden Sie doch richtig mit ihr darüber, sagt Monica zu Strass, der ihr spiegelndes Haar betrachtet. Lassen Sie es nicht anstehen. Der Madeira Cake ist wirklich nicht süß genug. Bei uns heißt das Zeug Sionon, sagt Strass. Ein Rundschreiben, man möge die sechzehnjährigen Schreibdamen, diese Kinder, nicht zu sehr strapazieren, erreicht die beiden und hält sie auf. Schollestückchen und Pilze in Käsecreme findet Strass vorzüglich, er bedient sich. Er lächelt, er klopft auf den gröber gestrickten der beiden Pullover. Monica lacht, lächelt, sie läßt ihre Haare fallen, blickt auf und weg und so weiter. Strass weiß Bescheid über ihre Figur, weiß es in The Queen's Gallery, er hat es immer noch nicht erledigt, was sie miteinander ausgemacht haben und was geklärt werden soll zwischen Strass und mir; Strass hatte beide weinroten Pullover an, den älteren, feiner gestrickten über dem kräftiger roten; Holbein-Porträts, einige van Dyks, Skizzen von Michelangelo und da Vinci, es langweilte uns, Familien mit kleinen Kindern umringten die Schaukästen mit Medaillons der englischen Königsfamilie, Strass sagte nicht, worüber er nachdachte, von Dyk heißt hier Sir Anthony, sagte er, eine Greisin mit Chauffeur und Diener wurde zwischen Bild und Bild auf ein Klappstühlchen gesetzt, also wie war das mit der Scheidung, fragte ich, Strass hat es vielleicht gehört, die Greisin wurde zu ihrem Auto getragen, als auch wir hinausgingen in den Nebeldunst der Victoria Street, Victoria Street rauf und schräg rüber nordöstlich, Green Park, die Sonne schwamm rötlich hinter dem Nebeldunst, der Renoir-Green Park mit seinen Platanen und Buchen, von denen Laub fiel, wir redeten nicht drüber und überquerten Piccadilly, betrachteten Autoschaufenster am Berkeley Square, ich sagte: Wenn wir erst wieder im R 8 rumkutschieren oder etwas in der Art.

Jetzt, Ruthie, jetzt. Strass drehte sich um zu mir, die halbe Drehung, die nötig war vom Schaufenster zu mir. Mit dem neugierigen und belustigten, auch zustimmenden Ausdruck, den sein Gesicht bei konzentrierter Beschäftigung mit etwas Schwierigem annimmt, sah er mich an, sah also zu mir herunter, seine Hände ohne Handschuhe um meine Arme etwa in Ellenbogenhöhe. Werden wir vielleicht nicht wieder, sagte er nicht so leise wie gewöhnlich. Was werden wir vielleicht nicht wieder, im R 8 rumfahren, fragte ich, oder so ungefähr. Vielleicht nicht, ja, sagte Strass. Und warum nicht? Ich wollte nicht mehr stehenbleiben wie wir jetzt standen. Ich kehrte mich von Strass weg, er ließ mich los, wir gingen nebeneinander her. Warum nicht? Ich bin ja schließlich krank, sagte Strass mit der sanften Stimme, die er hat, wenn Sachen ihn bewegen. Oxford Street mit beginnender rush hour.

Wir blieben über eine halbe Stunde lang im Kaufhaus Selfridge. Unsinn, ohne Aufwand, beim Aussuchen von Ansichtskarten, beim Kauf eines neuen Whiskytaschenfläschchens für unser kaltes Bett, das alles, obgleich Strass Kopfweh hatte und auch plötzlich Halsweh, er sagte Halsweh. Aber so krank doch nicht, sagte ich, auch nicht für immer krank?

Wir fanden einen angenehmen Pub, The Shakespeare's Head. Doch, sagte Strass, so krank, doch, doch, wir tranken jeder zwei wohltuende halbe Pinten. Monica macht sich nichts draus, sagte Strass leise, er lächelte mir zu, er hatte ihr in Highbeech Biertrinken beibringen wollen, während sie etwas miteinander ausmachten, was vielleicht Strass mehr als mich betraf und vielleicht in Zusammenhang stand mit dem im Lexikon der Sydenhams aufgeschlagenen Wort Metastasis. Auch in diesem Pub wurde das abendliche Fest der Alkoholstunden fast zeremoniell, mit gemessenem Überschwang begangen. Wenn ich Pub sage und rush hour – halte mich nicht für eine Kennerin, Ruthie, das alles ist einfach nur genau in meinem Gedächtnis geblieben, und wenn ich Fairlop Road sage, oder Highbeech, so ist eben alles wieder ohne Fehler da.

Und wenn ich gesagt habe: Strass schätzt Süßspeisen, Strass erwärmt sich für arbeitsparende Methoden, Strass schont seine Füße in Schuhen ohne Kappen und legt sie hoch wo er kann, Strass tut aus Bescheidenheit so als benutze er sein Konzept, glattes Haar beschäftigt ihn, er kümmert sich auch um private Sorgen der Vertragsfirmeninhaber und nimmt Kognaks schon morgens an, Strass ist beliebt, ist höflich, ist gegen Lesenlernen vor der Schule, wird oft etwas bedauert, wenn ich das sagte und gesagt habe, stört mich daran . . . aber nein, ich begreife das nicht.

Um halb sieben bestiegen wir einen Zug der Central Line in der Station Oxford Circus und kurz nach halb acht erreichen wir unser Carper Haus in der Fairlop Road. Wir kochten und aßen Leber-Nierenragout und Kartoffeln, die nicht ganz gar waren. Strass bemühte sich um das Kaminfeuer, er hatte Kopfweh, er machte sich Gedanken über Lagerung als totes Kapital bei Kundendiensten und notierte einiges, räusperte sich, ich schrieb ein paar Zeilen nach Hause. Monica kam zurück vom Club, stellte die rote Keule zwischen die Gemsenbuchstützen, strickte sofort am Bettjäckchen und sah selten Strass an, der bei der Kalkulation des Ersatzteilbedarfs auch an irgendwas zwischen ihm und ihr Vereinbartes dachte, einmal das Zimmer verließ, wahrscheinlich, um sich im Badezimmer oder in einem andern Zimmer des oberen Stockwerks ungehindert zu räuspern. Im Umkreis des rötlichen Korbstuhls auf dem Teppich lagen die drei oder vier Notizzettel von Strass, ähnlich knapp bekritzelt wie der Zettel: Ich bin ein Idiot und bleibe einer.

David traf ein und verlangte seinen Sessel, in dem ich saß, nahm dann doch den Korbstuhl; er schaute mich an, als denke er an nichts anderes als an den Sessel. Monica servierte Keks und Tee. Ich verließ den Sessel, das Zimmer, die untere Etage und ging hinauf in die erste Etage, wo ich unser Zimmer betrat. Es war kalt. Ich schaltete kein Licht ein, Strass lag auf dem Bett wahrscheinlich auf meiner Hälfte, ich schloß die Tür leise, ging hinunter, fand den Korbstuhl frei und David in seinem Stammsessel, David mit einem Paket Zeitungen aus Lincoln auf den Knien, eine Zeitung entfaltet dicht vor den kurzsichtigen Augen, die mich schon nicht mehr an die von Kobler erinnerten. David nagend an der Pfeife, ich dachte wieder oder noch immer an Strass, dem war es vielleicht nur schlecht. Monica strickte schnell und gelassen, sie sagte, es werde nebliger, David las etwas vor von einer Frau aus Lincoln, die wegen eines Verdachtes auf Tumor operiert worden war. Wir hörten den Hund aus der Nachbarschaft mit dem Gebell Sorrow, Strass oben und ich hier unten, ich war sicher, daß Strass nicht schlief und Sorrow hörte, diese Frau, die nicht krank, sondern schwanger war, lächelte auf dem Zeitungsfoto, Sorrow, Monica blickte während sie weiterstrickte schräg nach rechts oben, vielleicht unterlag sie der Täuschung, Strass oben sei umhergegangen oder habe eine Tür geöffnet, es war aber still im Haus, sicher hörte er den Hund, David las vor, die Frau befinde sich wohl. Das Gebell Sorrow. Wo bleibt er? sagte Monica, das Kind der Frau aus Lincoln war gestorben, Monica stand auf, ging in die Küche, setzte den Wasserkessel aufs Gas und rief herein, sie bereite zwei Wärmflaschen für Strass und mich vor, eine sei zu wenig, Strass habe gesagt, ich fröre. Das ist nicht wahr, sagte ich, war aber froh, von Strass reden zu können. Noch immer war von oben kein Laut zu hören. Geht es ihm schlechter, fragte David, ich sagte nein. Monica bat David, mit der Raucherei aufzuhören, der Qualm schade Strass, vielleicht komme er aber nicht mehr runter.

Ich stand langsam auf, ging an Monica vorbei, die an der Küchentür lehnte, ich ging über den Flur zur Treppe und wieder hinauf, betrat unser Zimmer, es war immer noch dunkel und kalt. Strass bewegte sich auf meinem Bett. Seine Hand griff nach meiner rechten Hand, die kühler war als seine. Er sagte: Entschuldige. Bleib da, Strass, bleib mir nur da.

Kann ich jetzt Licht machen, fragte ich. Ich machte Licht, das trübe Licht der Glühbirne in der staubigen Kugellampe.

So etwas wie einen Plan, daß es den gab, könnte sein, Ruthie, mehr nicht, aber ich hatte keine Lust, ihn auszuführen, glaub mir das.

Wir erhielten zwei Wärmflaschen, wir schliefen vermummt ein, Whiskygeschmack im Mund, dicht nebeneinander.

Monica entschuldigte ihn bei Gordon & Walker, er schickte ein Attest des Hals-Nasen-Ohrenarztes, obwohl es niemand verlangt hatte. Von nun an nahmen wir den Rest dieses Aufenthalts mehr touristisch. Strass mußte nicht im Bett liegen und es war gleichgültig, ob er sich bei Gordon & Walker fortbildete oder mit mir in die Stadt fuhr, vom Standpunkt des Arztes aus, der vorschlug, Strass solle sich amüsieren.

Wir luden die Carpers in ein Chinesisches Restaurant ein. Wir nahmen ein Gedeck für vier Personen. Strass hatte keinen Hunger, das kommt vor, wenn auch selten bei ihm, übrigens gab er sich Mühe mit Süßspeisen. David war heiter an diesem Abend, er bedrängte Monica mit Zärtlichkeiten, Monica sah zu Strass hinüber, verlegen, womöglich schuldbewußt, er lächelte ihr zu.

Ende Oktober führen wir zurück, ich wußte es, aber ich dachte nicht daran, sondern das andere ging mir im Kopf herum, Ruthie, ich hatte es in mir, Strass sang leise mit vergnügtem Gesicht So go away, so go away, immer nur den Refrain, mitten im Foyles. Mir aber ging der Plan nicht aus dem Kopf, noch hatte ich keinen bestimmten Tag für die Ausführung, aber das Vorhaben selber wurde deutlich, ich sah Strass in seinem Regenmantel, der Schal wäre etwas hochgeschoben im Nacken. Selbstverständlich wäre Strass in Straßenkleidung. An eine Vollstreckung in Zimmern habe ich nie gedacht. Ich habe gedacht, am Wasser wäre es wohl richtig.

Wir lieben das Meer, Strass und ich. Ich möchte am liebsten mal ans Meer fahren, für einen Tag, sagte ich zu Strass. Er war vom Arzt zurückgekommen und durfte eine Stunde lang nicht sprechen. Er kannte jetzt auch schon die Patienten dieser Praxis, nicht so viele Kinder, eine dunkelblau gekleidete Krankenschwester um die Fünfzig, die ein rotes Gesicht hatte. Nach Southend, sagte Monica, ihr könnt gut in einem Tag hin und zurück. Wir wollen nach Southend fahren, sagte ich. Wir standen im engen gelben Flur, Strass zog den Regenmantel und den Wollschal aus. Was hat er heute gesagt, fragte Monica. Strass fuhr mit dem Zeigefinger quer über den Hals in Höhe des Kehlkopfs. Geätzt, fragte Monica.

Strass nickte.

Den ganzen Hals, quer rüber diesmal?

Strass nickte. Er lächelte uns zu, als bemitleide er uns, nicht sich selber.

Laß uns morgen nach Southend fahren, sagte ich. Strass nahm ein gebrauchtes, adressiertes Couvert und schrieb, was er zu sagen hatte. Ich sah ihm zu. Monica war in der Küche. David saß in seinem Sessel mit einer alten Ausgabe seiner Zeitung aus Lincoln. Ich las: Zu anstrengend, Southend. Lieber woanders hin. Ich rief: Aber das Meer! David sagte, man habe den Arzt, der sich auf den Mäusetest verlassen hatte, vor Gericht gestellt. Strass kritzelte: Ich habe etwas Schönes vor.

Für morgen? fragte ich.

Er schrieb Ja

Irgendwo am Wasser hoffentlich, fragte ich.

Ja.

Schon vormittags brachen wir auf, stiegen an der Station Newbury in die U-Bahn, saßen nebeneinander quer zur Fahrtrichtung, die Polstersitze hatten ein graurotes Rhombenmuster und ich betrachtete die Hände von Strass, die ich mag, er hatte die Handschuhe ausgezogen, der Fleck England war nicht größer geworden, stand aber vielleicht im Zusammenhang mit der Kehlkopfsache, sah auch dunkler aus als vor einem halben Jahr, als zu dem Zeitpunkt, da die Entzündung uns auf ihn aufmerksam gemacht hatte, in der Kreisstadt, wo ich morgens geübt hatte, Gräber zu besuchen.

In Tottenham Court Road stiegen wir aus, Strass wollte wieder zu Foyles und in die andern Buchhandlungen der Charing Cross Road Gegend, ich war ungeduldig; zu Fuß bis Leicester Square, von da endlich in Richtung Osten und bis Whitechapel, wo wir umstiegen in die leere rapplige Metropolitan Line, mit der wir bis zur verrotteten, von Themsewasser triefenden und schwarzverrußten Station Rotherhithe fuhren. Schön? fragte Strass. Neugierig? Ich käme gern ans Wasser, sagte ich. Jetzt dachte ich kaum an die Ausführung. Die Krankheit führt, sich selbst überlassen, binnen kurzem zum Tod. Strass sagte nichts, ich sagte nichts. Auf dem Balkon der Mayflower konnte ich mich nicht entschließen, es störte auch die Rampe; der Fluß, weit weg, lag in der Ebbe schlammig da. Wir tranken Charrington's Toby auf der von Mühlenstaub überpuderten schmalen Plattform. Tauben und Schwäne waren das Hellste in unserem Blickfeld, weiter, sagte ich, und wir gingen die paar Straßen westwärts zum The Angel, auf dessen schmaler Veranda die Sicht besser war, der Fluß aber nicht näher, und wo wir wieder Bier tranken, Barclay and Courage. Die Hebeteile der Tower Bridge, westlich im Dunst, hoben sich, wir wiesen uns gegenseitig auf fliegende Schwäne hin, und hier konnte mein

Plan auch nicht vollstreckt werden. Vollstrecken, dachte ich. Vielleicht irrt sich dieser Arzt, sagte ich. Worin, fragte Strass. In der Kehlkopfsache. Warum sollte er sich irren, sagte Strass.

Zu Haus bat er Monica, dem Hauptabteilungsleiter auszurichten, er könne durchaus seinen Vortrag am 23. Oktober halten. Wir haben nicht protestiert. Ich habe auch nicht die Rückkehr nach Deutschland vorgeschlagen.

Nach einem Ausflug zum Themse-Pub The Prospect of Whitby, wo wieder der Fluß zu weit weg war, fuhr ich mit Strass über Whitechapel zurück nach Stratford. Wir haben uns in Stratfords Slumsträßchen verirrt, unsere Zeit wurde knapp und ich dachte an Verkehrsunfälle oder an einen Untergrundschacht, dann fand Strass in Stratford High Street den Bus 69 nach Walthamstow, wo wir an der Station The Bell ausstiegen. Ich habe diese englischen Namen noch immer überdeutlich im Kopf. Die wenigen Straßen bis zum Verwaltungsgebäude von Gordon & Walker liefen wir stumm zu Fuß.

Sie begrüßten Strass, als habe er wirklich schon am Grund der Themse gelegen. Das Pult war zu niedrig wie immer; Strass brauchte kein Konzept wie immer und sah wie immer aus Bescheidenheit, auch aus Scheu vor dem Publikum auf die Auflage, wo seine paar Notizen lagen, er sprach über spezielle Rationalisierungsmethoden der Buchhaltung in Mittel- und Kleinbetrieben und über deren Sinn, auch über innerbetriebliche, zwischenbetriebliche und betriebsvergleichende Organisationsprobleme, er erwärmte sich, sprach aber leise, das Publikum verhielt sich still wie immer, die Stille hatte aber diesmal ein besonderes Gewicht.

Der Hauptabteilungsleiter dankte Strass, er bat uns in den Staff Room zu einer Tasse Tee. Dann gingen wir mit ihm nach einigen Verabschiedungen, die alle bereits etwas Endgültiges und Behutsames hatten, durch stille Straßen, Gardens, Crescents, Terraces, Squares, Lanes, bis zu 28, Northwood Gardens, wo der Hauptabteilungsleiter wohnte und seine Frau uns empfing. Wieder gab es Tee. Ich betrat ein Schlafzimmer und sollte dort meinen Mantel lassen, es war dämmrig hier und auf einmal hatte ich Lust, in Ruhe hier oben zu bleiben, an Strass zu denken und ob wir es bis zum Ende durchstehen sollten.

Die Frau des Hauptabteilungsleiters kam herauf, sie schleppte sich ab mit einem riesigen Baby, sie bat mich, Lettice zu ihr zu sagen, zum Baby Lewis. Es tue ihr so leid, das mit Strass. Ich fragte: Was? Ist er nicht sehr krank, sagte Lettice. Das Baby schaute mich triumphierend an. Wir gingen hinunter. Strass verdünnte seinen Tee mit heißem Wasser. Auf meinem Schoß saß Lewis, er war heiß, er versabberte Kekse, noch nie hatte ich ein solch umfangreiches Baby gesehen, Strass auch nicht, er, der Kinder mag und freundlich, aber prüfend zu Lewis hinlächelte. Dann fahren Sie wohl bald zurück, fragte der Hauptabteilungsleiter, und ich weiß nicht mehr genau, was Strass sagte. Ich hätte Lewis jetzt plötzlich am liebsten behalten.

Ich konnte mich nicht leicht von Strass trennen, Ruthie, falls du das denkst. Windsor, man erreicht es von Fairlop Road aus mit der Central Line; weißt du, wenn man immer daran denkt und es zu planen versucht, die Gegend lockert sich auf, Strass räuspert sich, Grün taucht zwischen den Häusern auf, dann das rasch wachsende lebhafte Slough, näher, näher dem Fluß, bald danach Eton und jetzt über den Fluß, der hier wie Schwimmbadwasser ans Ufer kommt und daher geeignet ist.

In The Three Tuns: Barclay and Courage. Wir gingen zuerst in Richtung Osten dem Ufer entlang, dann nach Westen. Ich konnte mich auf keiner Seite entschließen. Aushalten, sagte Strass freundlich und: nein, nein, sagte er vergnügt, diese da heißen nicht Schnaken, Schnaken sind Schlangen. Wir standen dicht am Ufer.

Ich nehme an, jetzt wollte ich es tun, das ist möglich.

Schnaken sind Ringelnattern. Das wellige Wasser ein paar Zentimeter von unseren Schuhspitzen entfernt. Jetzt konnte ich es ganz gut aus Spaß tun, ich konnte es jetzt ganz gut wegen der Schnaken tun, Strass leicht anstoßen, meinen Strass, verurteilt, bestrahlbar durch Betatron, operierbar, unheilbar, freundlich behandelt von allen und als nett, auch leicht sonderbar befunden, Strass ein Verlust, für manche, Strass von Schloß Eisern Hand, vom Ausflug nach irgendwohin, vom Bier irgendwo, von irgendeinem Abschied, Strass aus zahllosen Hotelzimmern, an Haltestellen, im R 8 reisefertig, den Rücksitz belagert von Kontenblättern, Karteikarten, Lagerbuchhaltungskarteikarten, Rabattkarteikarten, verschiedenen Mustern, Unterlagen für Organisationsanleitungen, Strass aus Zimmer neun im Hotel Wachtturm, den ich mit Kampffischgeschichten aufheiterte, jetzt, ich sage: sie kämpfen nicht, sind aber die teuren malaiischen. Strass lacht, jetzt, er ist schon heiser, hat schon ein bißchen zu leiden, und, jetzt, ein bißchen zu schwer: er ist zu schwer für leichte Schubser vom Windsor Ufer in die Themse.

Überrascht sah Strass mich an. Ich wäre fast ins Wasser gefallen, sagte er. Das tut mir leid, sagte ich. Warum hast du mich gestoßen, fragte Strass lauter als für sein erkranktes Stimmband gut ist. Ich weiß nicht, sagte ich, aus Spaß, vielleicht, warum nicht?

Der Zug fuhr am Kohlenbansen, Ablaufberg, Entschlackungsgrube entlang. Es waren wieder Arbeiter am Nachbargleis, vielleicht meine beiden Bekannten von der Abfahrt vor zehn Monaten. Mein Vater und Manfred empfingen mich frierend und erfreut. Ich sah keine Mitschüler Manfreds im Umkreis, Manfred hatte keinen Schal um den Hals.

Wie schön, daß du wieder da bist, sagte mein Vater. Ha ja, sagte Manfred und lachte. Ich kannte ihre Leidenschaft fürs Spazierengehen und schlug vor, nicht gleich nach Haus zu fahren. Wie geht's allen, fragte ich. Jetzt gut, wo du wieder da bist, sagte mein Vater. Manfred lachte. Es ist auch wegen Weihnachten schöner, sagte mein Vater.

Auf der andern Straßenseite stand vielleicht doch eine Gruppe von Mitschülern. Ach ja, bald, sagte ich. Wir machten den Umweg übers Kiefernwäldchen. Manfred erzählte irgend etwas über die Shamadrossel. Mein Vater fand zu eigenen Gedanken zurück, er vergaß mich. Ich dachte an Strass. Ich weiß jetzt nicht, was aus ihm wird. Ich weiß es nicht. Wie meinst du, fragte mein Vater, aufgescheucht aus einer privaten Überlegung. Manfred sagte, er habe heute morgen die Krallen der Zebrafinken geschnitten. Und deine Mutter freut sich auch so, sagte mein Vater, er war sanft. Tante Leonie ist ganz aufgeregt. Manchmal kommt Rudolf und sie machen Hausmusik, er singt jetzt noch besser.

Ich nahm mir vor, in Ruhe an Strass zu denken. Diese Straße wird durchgelegt und dies Grundstück wird bebaut, sagte mein Vater, kurz bevor wir in unsere Sackgasse einbogen. Fast roch ich schon das Mittagessen. Ich weiß nicht, sagte ich, ich weiß nicht. Was ist, fragte mein Vater. Ich roch jetzt das Mittagessen, da war das Haus, meine Mutter stand froh erhitzt in der Tür, hinter ihr drängte sich Tante Leonie vor, wer weiß nach welchem Streit, während Tante Gusta mit der Erde eins wurde. Es riecht schon gut nach Essen, sagte ich. Ich hatte diese Art Essensgeruch lang nicht gerochen. Ich küßte meine Mutter und gab Tante Leonie die Hand. Manfred sagte: Die Kampffische – Ich weiß es nicht. Über der Eingangstür hing ein Spruchband: Herzlich willkommen. Das weiß ich.

Ich schlösse gern mit etwas von Strass ab. Er macht vielleicht irgendwo weiter, mit wem, was weiß ich. Ich würde gern mit Strass weitermachen. Ich bewiese gern, daß mein Stoß nur Spaß und wegen der Schnaken war.

Der 28. November, sagte meine Mutter nach dem Essen. Tränen standen in ihren Augen, und mein Vater wandte sich ab. Manfred ging vom Tisch weg mit dem Rest seiner Mahlzeit. Die arme Ruthie, sagte Tante Leonie. Lauter als sonst sagte mein Vater: Schön, daß du gerade an diesem Tag zurückgekommen bist, am zwanzigsten Jahrestag. Jetzt sind es zwanzig Jahre her, daß sie tot ist, sagte Tante Leonie.

Ich war schuld dran, sagte ich zu Strass in sämtlichen Zimmern. Er hat es nicht hören wollen, nett wie er ist und zu müde für alle Bekenntnisse.

Gabriele Wohmann
Ein unwiderstehlicher Mann
Erzählungen

Gabriele Wohmann erzählt böse und schöne Idyllen des bürgerlichen Lebens, von Allerweltsmenschen in alltäglichen Situationen und von Frauen Ende Dreißig, die von der Gier nach Neuem erfüllt sind.
Diese fünfzehn ausgewählten Geschichten gehören zu den großen Ereignissen der modernen deutschen Literatur.

rororo Band 1906

Abschied für länger

Die Autorin läßt hier eine junge Frau über ihre unter tragischen Umständen gescheiterte Liebe berichten. Aus Gesprächen und Erinnerungen, aus Erdachtem, Erträumtem, Erhofftem ergibt sich ein Bild unserer heutigen Gesellschaft, in der die menschlichen Beziehungen zermürbenden Belastungen unterworfen sind.

rororo Band 1178

Habgier
Erzählungen

Mit diesen bitterbösen Kurzszenen aus dem Familienleben erweist sich Gabriele Wohmann erneut als einer der scharfsinnigsten Beobachterinnen der modernen deutschen Literatur.

rororo Band 4213

Rowohlt

913/2

Gisela Elsner

Das Berührungsverbot

National-Zeitung, Basel: «Gisela Elsner schreibt schonungslos brutale, eiskalt bösartige Bücher in einer Sprache, die an Kleist erinnert. Zerfetzt und zerschlissen und häßlich ist die Welt, die sie beschreibt. Aber nur eine heile Sprache kann das Häßliche so kalt und erbarmungslos beschreiben.»

Frankfurter Allgemeine Zeitung: «Dieses Buch ist auf eine provozierende Art ungefällig, nein: ärgerlich – soweit es das noch gibt: Literatur als Provokation.»

Roman. 264 Seiten. Br.
rororo Band 1796

Der Nachwuchs

Günter Blöcker: «Gisela Elsners Kunst, Wirklichkeit in sprachliche Rituale überzuführen und sie damit dem kritischen Bewußtsein auszuliefern, ist erstaunlich. Die eigentümliche Tendenz der Elsnerischen Phantasie, scheinbar Harmloses so zu sehen und interpretierend anzuordnen, daß unversehens Bösartiges, ja Bestialisches daraus hervorschaut, bleibt nach wie vor zu bewundern.»

Roman. 270 Seiten. Geb. und Br.

Der Punktsieg

Der Blusen- und Dessousfabrikant Norbert Mechtel stellt sich im Wahlkampf als Kandidat der SPD zur Verfügung. Gisela Elsner stellt in ihrem Roman eine selten beschriebene Wirklichkeit dar: Die Lebensgewohnheiten und Ansichten einer neudeutschen Oberschicht, wie sie zwischen Flensburg und Passau überall anzutreffen ist.

Roman. 192 Seiten. Geb.

Die Riesenzwerge

The Times Literary Supplement, London: «Die herausragenden Kapitel sind nicht nur äußerst komisch, sondern auch voller Satire, die sich insbesondere gegen eine Lebensform richtet: die des deutschen Kleinbürgertums. Eine Tour de force, die mit ungewöhnlicher Kunstfertigkeit und Exaktheit durchgestanden wird.»

Ein Beitrag. 304 Seiten. Geb.

Rowohlt

669/5

Simone de Beauvoir

Memoiren einer Tochter aus gutem Hause
Memoiren I.
rororo Band 1066

In den besten Jahren
Memoiren II. 528 Seiten. Geb.
Taschenbuch-Ausgabe:
rororo Band 1112

Der Lauf der Dinge
Memoiren III.
rororo Band 1250

Alles in allem
Memoiren IV. 480 Seiten. Geb.
Taschenbuch-Ausgabe:
rororo Band 1976

Eine gebrochene Frau
Drei Erzählungen.
rororo Band 1489

Die Welt der schönen Bilder
Roman.
rororo Band 1433

Ein sanfter Tod
rororo Band 1016

Alle Menschen sind sterblich
Roman.
rororo Band 1302

Das Blut der anderen
Roman.
rororo Band 545

Die Mandarins von Paris
Roman.
rororo Band 761

Sie kam und blieb
Roman.
rororo Band 1310

Das andere Geschlecht
Sitte und Sexus der Frau.
Ungekürzte Ausgabe.
rororo sachbuch Band 6621

Das Alter
rororo sachbuch Band 7095

Rowohlt

914/1

Neue Frau

Eine Reihe des Rowohlt Taschenbuch Verlages mit erzählenden Texten aus den Literaturen aller Länder: Zentrales Thema ist die Beziehung der Geschlechter und das Selbstverständnis der Frau.

Elisabeth Alberten
Das Dritte
Geschichte einer Entscheidung (4134). Eine junge Frau ist entschlossen, aus der passiven Schicksalsergebenheit der Mütter zu lernen.

Evelyne und Claude Gutman
In der Mitte des Betts
Roman (4143). Abwechslungsreiche Aufzeichnungen über eine schwierige junge Ehe.

Sarah Kirsch
Die Pantherfrau
Fünf Frauen in der DDR (4216). Frauen in der DDR erzählen von ihrem Leben und ihrem Alltag.

Violette Leduc
Die Bastardin
Mit einem Vorwort von Simone de Beauvoir (4179). Die Neigung der Autorin gilt den Frauen; Gefährten sucht sie sich unter den Männern, die sind wie sie selbst: besessene Außenseiter.

Doris Lessing
Der Sommer vor der Dunkelheit
Roman (4170). Der eindringliche Roman vom Wiedereintritt einer Ehefrau und Mutter in das Berufsleben.

Margaret Mead
Brombeerblüten im Winter
Ein befreites Leben (4226). Einfühlsam und leidenschaftlich klar erzählt Margaret Mead ihr prall gefülltes Leben.

Isabel Miller
Patience & Sarah
Roman (4152). Die Geschichte zweier junger Frauen aus dem ländlichen New England des 19. Jahrhunderts.

Emma Santos
Ich habe Emma S. getötet
(4161). Ein autobiographischer Text über die totale, krankmachende Abhängigkeit von einem anderen und einen lebensgefährlichen Prozeß – den der Ablösung und Selbstfindung.

Victoria Thérame
Die Taxifahrerin
(4235). Die Taxifahrerin und Autorin Victoria Thérame hat viereinhalb Jahre lang notiert, was ihre Fahrgäste so von sich geben.
Ihre bunte, schnoddrige, tiefsinnige Erzählung faßt zusammen, was Frauen und Männer heute voneinander halten.

Lizzy Sara May
Vater und Tochter
(4244). Die Geschichte einer Jugend zwischen zwei Welten: Hier eine weltoffene Berliner Kaufmannsfamilie, dort die holländisch-jüdischen Diamantenschleifer.

Françoise d'Eaubonne
Das Geheimnis des Mandelplaneten
Ein Science-Fiction-Roman (4253). Kühne Frauen erkunden fasziniert und erschreckt rätselhafte Naturerscheinungen eines unbekannten Himmelskörpers.

Margaret Drabble
Gold unterm Sand
(4262). Die Geschichte einer Frau, die auf nichts verzichtet und unter Tränen und Lachen tragikomische Lebensbilanz zieht.

Rowohlt

912/3

Neue deutsche Prosa

Ulrich Becher
Männer machen Fehler.
12 Kurzgeschichten [1283]
– Das Profil. Roman [1612]
– Murmeljagd. Roman [1783]
– William's Ex-Casino [1909]
– Kurz nach 4 [4169]

Wolfgang Borchert
Draußen vor der Tür und ausgewählte Erzählungen. Nachwort: Heinrich Böll [170]
– Die traurigen Geranien und andere Geschichten aus dem Nachlaß. Hg. und Vorwort: Peter Rühmkorf [975]

Rolf Dieter Brinkmann
Keiner weiß mehr [1254]

Franz-Josef Degenhardt
Zündschnüre. Roman [1865]
– Brandstellen [4074]

Friedrich Dürrenmatt
Der Richter und sein Henker. Roman [150]
– Der Verdacht. Roman [448]

Günther Grass
Aus dem Tagebuch einer Schnecke [1751]

Max von der Grün
Irrlicht und Feuer. Roman [916]
– Am Tresen gehn die Lichter aus. Erzählungen [1742]

Peter Handke
Die Hornissen. Roman [1098]

Stefan Heym (Hg.)
Auskunft. Neue Prosa aus der DDR [4046]

Rolf Hochhuth
Der Stellvertreter. Ein christliches Trauerspiel. Vorwort: Erwin Piscator. Erweiterte Taschenbuchausgabe: Mit einer Variante zum fünften Akt und einem Essay von Walter Muschg [997]
– Soldaten. Nekrolog auf Genf. Tragödie [1323]
– Krieg und Klassenkrieg. Studien Vorwort: Fritz J. Raddatz [1455]
– Guerillas. Tragödie in 5 Akten [1588]
– Die Hebamme. Komödie [1670]
– Die Berliner Antigone. Kleine Prosa und Lyrik [1842]

Dieter Kühn
Die Präsidentin [4021]

Siegfried Lenz
Die Augenbinde. Parabel / Nicht alle Förster sind froh. Ein Dialog [1284]

Hans Erich Nossack
Spätestens im November. Roman [1082]

Gregor von Rezzori
Maghrebinische Geschichten. Mit Zeichnungen des Autors [259]
– Oedipus siegt bei Stalingrad. Ein Kolportageroman. Nachwort: Nicolaus Sombart [563]
– Neue maghrebinische Geschichten.
1001 Jahr Maghrebinien [1475]

Otto F. Walter
Der Stumme [1688]
– Herr Tourel [1847]

Peter Weiss
Die Ermittlung. Oratorium in 11 Gesängen [1192]

Oswald Wiener
Die Verbesserung von Mitteleuropa. Roman [1495]

Gabriele Wohmann
Abschied für länger. Roman [1178]
– Ein unwiderstehlicher Mann. Erzählungen [1906]
– Habgier. Erzählungen [4213]

ro ro ro